김영두 골프에세이

열아홉 번째 그린

청어

열아홉 번째 그린

김영두 지음

발행처 · 도서출판 청어
발행인 · 이영철
영 업 · 이동호
기 획 · 최윤영 | 김홍순
편 집 · 김영신 | 방세화
디자인 · 김바라 | 오주연
제작부장 · 공병한
인 쇄 · 두리터

등 록 · 1999년 5월 3일(제22-1541호)

1판 1쇄 인쇄 · 2012년 10월 30일
1판 1쇄 발행 · 2012년 11월 10일

주소 · 서울시 서초구 서초동 1595-10 봉양빌딩 2층
대표전화 · 586-0477
팩시밀리 · 586-0478

홈페이지 · www.chungeobook.com
E-mail · ppi20@hanmail.net
ISBN · 978-89-97706-25-9 (03810)

열아홉 번째
그린

『열아홉 번째 그린』을 묶고 나서

골프, 골프 유머를 바탕으로 신문이나 문예지나 잡지 등에 이미 발표한 작품들을 모아 『오늘 골프 어때?』, 『신이 내린 스포츠 Golf & Sex』에 이어 세 번째 책을 냅니다.

앞선 두 책은 독자들의 사랑을 분에 넘치게 많이 받았습니다. 보내주신 팬레터에 미처 답장을 못 드린 독자들께 먼저 용서를 빌고, 감사의 마음을 전합니다. 『열아홉 번째 그린』이 나오기까지 너무 뜸을 들여서 죄송하다는 말씀도 아울러 올립니다.

골프란 실제의 라운드도 즐겁지만, 간과할 수 없는 또 하나의 즐거움이 있습니다.

한국처럼 골프라운드를 할 수 없는 겨울철에는 따뜻한 실내에서 골프에 관한 책을 읽거나 가본 적이 없는 골프장의 아름다운 사진이나 그림을 보면서 홀로 골프 하는 자신을 그려보는 일명 '안락의자 골프' 입니다.

추워서 더워서 천둥번개가 쳐서, 혹은 어떠한 이유로도 마음은 푸른 초원에 있으나 라운드를 할 수 없는 날, 내일의 라운드를 기대하거나 어제의 라운드를 반추하고 싶은 골퍼를 위하여, 행복하고 즐거운 안락의자 골프를 위하여 이 글을 썼습니다.

골프가 무엇이기에 다들 왜 그다지도 열광하는지 알고 싶은 초보골퍼를 위한 글이기도 합니다.

이 책에는 가족을 비롯한 골프동호회 회원, 골프장에서 우연히 만나 단 한 번의 골프라운드를 나눈 골퍼, 친척, 친지, 친구들이 수없이 등장합니다.

등장인물들을 결혼식 주례사의 신랑이나 신부처럼 멋지게 묘사를 해줬어야 하는데, 그러질 못해서 진실로 미안합니다.

푸른 잔디 위에서 꼭 다시 만나서 원은(怨恩)을 풀고 싶습니다.

노을이 비껴가는 너섬에서

Contents

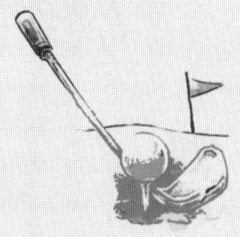

제1장

두드려라 열릴 것이요,
노력하면 이루리라

골프장에는 온갖 제비가 산다

나는 잡이, 쟁이, 꾼이라는 단어를 좋아한다. 내 스스로도 '진정한 글쟁이가 되고 싶다' 라는 말을 많이 한다. 남들이 알아듣지 못하기에 상용하지는 않지만 가끔은 '글꾼, 글잡이가 되고 싶다' 라고도 외친다.

'잡이' 는, 총이나 칼 따위의 명사에 붙어 그것을 다루는 솜씨가 뛰어난 사람을 나타내는 말이라고 풀이하고 있다. 총을 잘 다루는 사람이 총잡이였고, 바람을 잘 잡는 사람이 바람잡이였다. 춤을 잘 추는 사람은 당연히 춤잡이라고 해야 할 것이다. 지팡이, 아비, 남비가 이모음역행동화현상에 의해서 지팽이, 애비, 냄비로 발음되듯이 총잡이가 총잽이가 되고 춤잡이가 춤잽이가 되었다. 그러므로 '잽이' 는 꾼, 쟁이, 다시 말해서 '프로' 를 일컫는 단어이다.

'제비'를 사전에서는, 제빗과의 철새로서 몸길이 약 18cm, 등은 윤기가 있는 검은빛이며 배 쪽은 희고, 꽁지는 가위 모양으로 갈라짐, 날개가 발달하여 시속 90킬로미터 정도로 날 수 있음, 3·4월에 강남에서 찾아와 인가의 처마 밑 등에 둥지를 틀고 해충을 잡아먹으며 살다가 9월경에 날아감, 울음소리는 '지지배배'라고 썩 자세하게 설명하고 있다.

 일반적으로 카바레에서 노는 '제비'는 '잽이'가 통속적으로 변한 단어이다. 발음도 비슷할 뿐만 아니라, 원래 춤이란 저고리의 뒷자락이 제비 꼬리처럼 길게 갈라져 있는 연미복을 입고 추지 않던가. 그래서 '춤잽이'가 '춤잽이'로 거기서 '춤' 자가 떨어지고 '잽이'가 되었다가 발음이 비슷한 '제비'로 둔갑을 한 것이다. 야후사전에도 버젓이, 카바레나 나이트클럽 등에서 여자에게 접근하여 성적 향락을 제공하고 금품을 갈취하는 젊은 남자라고 '제비'의 통속적인 뜻풀이를 하고 있다.

 미 프로골프(PGA) 마스터스 대회가 열리는 오거스타 내셔널 코스의 제16번 홀은 티잉 그라운드와 그린 사이가 연못이다. 연습라운드 때, 선수들이 155미터의 파(par)3인 이 홀에 당도하면, 구경꾼들은 으레 '물수제비(skip)'를 외치며 묘기를 요구한다. 2002년도의 가장 성공적인 물수제비는, 영국의 대런 클라크가 드라이버로 날린 공이다. 공이 물 위를 튄 뒤 100미터를 날아가더니 핀에서 30센티미터 떨어진 곳에 멈추었다고 한다.

물수제비란, 얇고 둥근 돌을 물 위를 스치게 던져서 담방담방 수면을 튀어가게 하는 것이다. 누구라도 어렸을 적에 찰박찰박 잔물결이 이는 호숫가에서 손아귀에 쥐어지는 작은 조약돌로 물 가운데를 향해 팔매를 쳐본 기억이 있을 것이다. 물을 차고 나는 제비처럼, 수면을 스치면서 날아오를 듯하다가 종내는 물속으로 가라앉는 조약돌, 조약돌이 물을 차고 나는 양이 제비를 닮았대서 물수제비라고 이름 하였을까.

골프라운드를 하다가 어릴 적 향수를 불러일으키는 물수제비를 만나는 경우가 종종 있다.

나는 머리 올리던 날 물수제비를 경험했다. 티잉 그라운드 바로 앞이 워터 해저드였다. 나는 드라이버도 사용할 줄 몰랐다. 겨우 3번 우드로 티샷을 했다. 내가 3번 우드로 날릴 수 있는 거리는 100미터 남짓이었는데, 워터 해저드가 끝나는 곳까지는 어림잡아 100미터가 넘는 듯했다. 낡은 공을 충분히 준비했으므로, 공의 수장식을 거행하기로 했다. 토핑을 했다. 당연히 공은 물귀신이 잡아갔으려니 했다. 그러나 낮은 탄도로 날아가던 공은 수면을 세 번이나 차고 건너편 둔덕으로 뛰어 올라갔다. 나의 실타를 보고 동반자들은 격려의 박수를 쳐주었다. 나는 골프공으로도 물수제비가 떠진다는 사실이 무척 신기했다.

소연의 남편은 훤칠하고 잘 생겼다. 심미안적인 안목도 가졌다. 옷가게 진열장에서 막 빠져나온 듯한 차림으로 골프코스에 나타난다. 그래서 친구들이 소연의 남편에게 붙여준 별명이 '제비'이다.

제비의 부인은 암제비이든지 꽃뱀이어야 할 것이다. 그러나 소연은 부잣집 맏며느리 같은 인상을 준다. 보름의 달덩이처럼 풍요하고 복스럽다. 맛난 음식을 차려놓고 친구들을 집으로 불러 대접하는 후덕한 아줌마이다. 먹성이 좋아서 살집도 좋다.

소연은 골프장을 선별할 때도 음식부터 따진다. 그늘집에서 청주와 생선회를 판다더라, 클럽 하우스에서 흙내가 안 나는 붕어매운탕을 끓인다더라, 골프장 정문에서 자동차 바퀴 세 번만 굴리면 둘이 먹다가 하나 죽어도 모르는 보리밥을 파는 데가 있다더라. 그녀는 근거 없는 억지만은 아닌 먹을거리 정보를 수첩에 적어두고 있다.

"얘, 그늘집에서 감자수제비를 시작했대. 이번 주말에 가자."

밀가루를 반죽하여 끓는 장국 따위에 조금씩 떼어 넣어 익

힌 음식인 '수제비'는, 한자어 손 수(手)에 접을 접(摺)의 어간
이 결합하고 명사파생접미사 '-이'가 붙어 '수접이'가 '수저
비'가 되고 다시 '수제비'가 된 단어이다.

감자수제비 따위는 좋아하지도 않지만 주말 밖에 시간을
낼 수 없는 우리 부부는 황감히 소연네 부부의 일요일 골프라
운드 부름에 응했다.

패션으로 승부한다는 프로골퍼처럼, 제비는, 아니 소연의
남편은 목 중간까지 올라오는 터틀넥 상의에 주름이 곧게 선
바지를 입고 나타났다. 골프장 잔디보다는 패션쇼 무대 위를
걷는 편이 더 어울릴 차림새였다.

"니 남편 동생이 쩌어그 날아가능만."

소연이 남편의 돋보이는 의상에 의기소침해진 내가 빈정
댔다.

때는 강남 갔던 제비가 돌아온 춘삼월이었다. 골프장의 입
구에서 클럽하우스까지 이르는 길은 분홍, 빨강, 흰 철쭉이
만발했고, 어디선가 물이 흐르는 소리도 들려왔고, 페어웨이
에는 '지지배배' 하고 우는 소연이 남편처럼 생긴 제비랑 까
치랑 참새들도 날아다니고 있었다.

"정말 제비 같니? 저 옷, 내가 사주기는 했지만, 난 귀찮아
서 다림질도 안 해주었어. 울 남편 부지런하잖아. 오늘 아침

엔 직접 다려입더라.”

소연은 자기 남편의 별명이 제비인 것을 옷맵시가 좋다는 칭찬으로 받아들인다. 남편의 제비 타이틀을 지켜주기 위하여 노력한다. 하긴, 아무에게나 제비라는 별명이 붙겠는가.

“어디서 샀어? 상표가 뭐야? 나도 울 남편 제비 좀 만들어야겠어.”

나는 소연의 귀에 대고 속삭였다.

그날, 소연이가 키우는 제비는 골프도 골프잽이처럼 잘해서 물수제비를 뜰 일이 없었지만, 제비 반열에 끼려면 각고의 노력을 바쳐야 하는 내 남편이 예전에 내가 머리 올리던 날 했던 것처럼 물수제비를 떴다.

그늘집에서는 감자수제비를 국물 한 방울 남기지 않고 다 먹었다. 시장이 반찬이었다고는 주장 못 하겠다. 밀가루 반죽의 맛보다는 칼칼한 장국의 맛이 더 일품이었지만, 둘이 먹다가 하나가 죽으면 알겠고, 옆 식탁에서 먹던 사람이 죽으면 모를 만치 맛이 있었다.

“여보, 오늘, 제비란 제비는 종류별로 골고루 다 만났어. 지지배배 울면서 페어웨이를 날아다니던 제비, 소연이가 기르는 강남 골프장 제비, 그늘집에서 먹은 감자수제비, 당신이 보여준 진기한 물수제비. 티샷 하는 순서를 정하는 제비뽑기의 제비."

골프장 입장할 때의 깍듯한 정장차림으로, 마치 여왕 마마를 모시듯이 조수석의 문을 열어서 소연이를 태우고, 꽃길을 돌아나가는 승용차를 바라보며 내가 남편에게 말했다.

숨은 그림 찾기

골프를 하러 골프장으로 가고 있던 차 안이다. 차창에 빗방울이 하나둘 긋고 있었다. 차창에 조롱조롱 맺혔다가 흘러내리는 빗방울이 묘하게 에로틱한 형상을 만들고 있다. 막 유명해지기 시작하는 여배우의 성생활 비디오가 진짜니 가짜니 화제가 되던 때였다. 자연스럽게 화제가 그쪽으로 흘렀다.

"저는 추억으로 간직하려고 찍어놓았어요."

너무나 근엄해서 별명이 목사라는 분의 말이 귀에 닿았을 때, 나는 내심 놀라웠지만 듣고만 있었다.

"기념사진이에요. 김 작가는 그런 비디오 없어요?"

나를 대화에 동참시키고 싶은 물음이었다. 나는 그때까지 자신의 알몸을 찍거나 사랑을 나누는 장면을 찍는 행위는 좀 이상한 사람이나 하는 짓거리라고 생각하고 있었다.

"밤에만 살짝 꺼내보려고 어디엔가 숨겨두었겠죠."

멍하니 창밖으로 흘러가는 풍경만을 감상하고 있는데, 나를 겨냥한 목소리가 또 날아왔다. 나는 잠시 갈등했다. 누구나 다 하는 보편적인 행동을 나 혼자만 특별한 짓이라고 단정하고 있나.

사람들은 여행지에서 고적을 배경으로 사진기의 셔터를 누른다. 생일이면 고깔모자를 쓰고 촛불을 불어 끄며 즐거운 순간을 필름에 박아 넣는다. 기억에서는 곧 사라질, 즐거운 순간과 기념하고 싶은 날들을 인화지에 혹은 자기테이프에 각인한다. 훗날 되살리려고.

나는 일본의 영화배우 미와자와 리에의 사진첩을 가지고 있다. 사진 속의 리에는 정말 예쁜 몸매의 처녀이다. 리에의 사진첩은, 아름다움의 절정에 와있는 딸의 몸을 길이 남기고 싶다는 그녀 어머니의 원에 의해 만들어졌다고 한다.

그런 의도에서 자신의 알몸이나 애인의 알몸이나, 사랑을 나누는 장면을 필름에 박아놓는다면…….

얼마 전에 그림 전시회에 갔다.

"찾아보세요. 그림 속의 숨은 그림을."

미술에는 거의 문외한인 나는, 동양화는 수묵담채화로써 여백을 중요시한다는 정도나 알고 있었다.

후배의 말을 듣고 가까이 다가가서 찬찬히 살펴보았다. 아무리 꼼꼼히 헤집어 봐도 그림 속에는 산과 강과 초가와 나룻배와 단풍든 나무들만 있었다.

"뒤로 멀리 물러서서 조망을 해보세요."

현미경을 들이대듯 미시적으로 뜯어보는 내게 후배가 핀잔을 주었다. 조야한 미술적 안목을 들켜서 얼굴이 붉어졌지만 서너 걸음 뒤로 물러나 눈을 부릅뜨고 그림을 노려보았다.

"정 화백님 작품에는 아담과 이브가 숨어있답니다. 찾아보세요."

숲을 보지 말고 나무를 보란 뜻인지, 나무를 품고 있는 숲을 보란 뜻인지를 몰라 나는 가까이 다가갔다가 다시 뒷걸음을 치기도 하면서 숨은 그림 찾기에 열중했다.

눈을 감았다가 뜬 순간, 무언가가 보였다. 완만한 산의 능선과 시내가 만나는 지점에, 하늘의 구름에, 계곡에서 피어오르는 안개에, 혹은 나뭇가지 사이에, 여자의 나신이 숨어있었다.

산과 시내로 이루어진 여인은 젊고 싱싱해 보였고, 구름이 빚어낸 여인은 부드럽고 풍만한 몸매를 가지고 있었고, 안개에 가려진 여인은 기억에서 사라져 가는 여인인 양 형체가 모호했다. 혹은 삶에 지쳐 피로한 듯 나른하게 누워있는 여인도 있었고, 요염하게 다리를 꼬고 사내를 유혹하는 여인도 있었다.

여자만 있는 것이 아니었다. 여인의 품으로 다이빙을 하듯 뛰어들려는 자세를 취한 남자와, 여인을 끌어안고 있는 남자도 있었다.

그 후에 나는 골프장을 설계하면서 '추억'을 숨겨 놓는다는 이야기를 들었다. 골프설계자는 18홀 안에, 사랑하는 혹은 사랑했던 여인의 몸과 그녀와의 추억을 숨겨놓는다고 한다.

그런 말을 듣고 난 뒤 나는 라운드를 하면서 숨은 그림을 찾아본다. 골프코스를 설계한 사람의 추억 속으로 잠수한다. 그 추억에 동참하고 동감하려고 노력한다.

그래서 일까, 굴곡이 심한 페어웨이에 서면 가슴이 풍만한 여인이 떠오르고, 다복솔이 우거진 작은 둔덕에서는 숫처녀의 미지의 숲이 연상된다. 골퍼 네 명의 공을 단숨에 다 받아들이는 구멍은 몸을 헤프게 굴리는 여자 같아서 입맛이 쓰다.

솜씨 좋은 정원사가 정원을 꾸미듯이 기화요초를 심고, 괴석도 옮겨다 놓고, 연못도 만들고, 아기자기하게 조경을 한 골프코스는, 은성한 파티에서 만난 온갖 장신구로 멋 내기 좋아하는 여인이었겠지.

그의 첫사랑은 어떤 여인이었을까. 말을 달려도 좋을 듯한 거칠 것 없는 벌판뿐인, 문명의 더께가 앉지 않은 자연 그대로의 시골처녀였을까.

도전정신이 강한 골퍼는, 공략이 쉬운 평평하고 넓은 페어웨이보다는 난이도가 높은 골프코스를 더 좋아한다. 공격의 스릴을 즐긴다. 아가리가 좁고 깊은 항아리 벙커에서 모래를 분사시키며 탈출하는 기쁨이나, 아이언헤드를 감고 놓아주지 않는 차진 풀이 무성한 러프에서 탈출하는 맛을 만끽한다.

그러나 여인은 골퍼를 미혹시키는 방향을 뿜어내며 입가엔 오만한 웃음을 물고 있다.

"올 테면 오세요. 그렇게 호락호락하게 함락되는지 않을 테니. 엄마 젖이나 먹으며 닭장에서 검법연마를 더 하셔야겠네요."

그는 콧대 높은 여인에게 무릎을 꿇었을까. 열 번 찍어 안 넘어가는 나무 없다는 속담을 되새기며 재도전의 칼을 갈았을까. 그래서 오기를 부리며 다시 덤볐을까. 아니, 쉽게 체념하고 페어웨이 우드로 탈출할 수 있는 벙커나, 롱아이언으로 공을 쳐낼 수 있도록 풀을 짧게 깎아 놓은 러프가 있는 골프코스로 발길을 돌렸을 지도 모르겠다.

페어웨이 한가운데에 있는 작은 화단에 청동 조각품이 세워져 있다. 둥근 고리 모양의 조각품을 감상하며, 젖가슴 부근의 살에 구멍을 뚫어 장신구를 매단 여인을 떠올리고 혼자서 실소한다. 또 언젠가는 비 온 직후에 페어웨이 중앙의 잔디벙커에 고인 물을 보고는 격한 사랑을 나누고 난 다음 여인의 배꼽에 고인 땀방울을 연상했다. 사랑을 나눌 때만 땀방울이 샘솟듯 하다가, 맑은 날씨엔 보송보송한 얼굴로 성경책을 들고 교회로 향하는 여인 같은.

나는 가만히 눈을 감고 그의 추억을 음미한다.

그러다가 나만의 골프코스를 설계한다.

울퉁불퉁한 근육의 질감이 전달되던 그 사나이는 산악코스에 새기자. 그리고 어프로치와 퍼트 솜씨가 전율하도록 섬세하던 그 기품이 넘치던 신사와 그렇게도 애타는 내 마음을 거부하던 도도하고 잘난 척하는 그 한량은 어디에 감춰둘까. 그리고 영구무한의 시간 안에서 진정한 사랑을 꿈꾸자던 나의 '로미오'는 어디에 어떻게 꽁꽁 숨겨둘까.

두드려라 열릴 것이요,
노력하면 이루리라

'네 잎 클로버' 라는 단어 앞에는 언제나 '행운의' 라는 꾸밈 말이 붙는다. 핸드폰에 네 잎 클로버를 비닐로 코팅해서 달고 다니는 사람도 있고, 책갈피에 끼워놓고 가끔 들여다보면서 행운이 찾아오기를 기도 하는 사람도 있다.

전쟁 중에 나폴레옹이, 이파리가 네 개 달린 클로버를 발견 하고 의아한 생각이 들어 찬찬히 살펴보려고 몸을 구부리는 순간, 총알이 머리 위를 지나갔다고 한다. 그래서 나폴레옹의 생명을 구한 이 돌연변이 클로버는 행운의 상징이 되었다.

내게도 정말로 그런 일이 일어났다.

몇 년 전 친구와 제주도 골프장에 갔다. 제주도 여행 자 체가 내게는 행운이었다. 내가 칼럼을 연재하는 골프 전문 사 이트 '에이스골프' 에서 보너스로 골프여행을 보내준 것이다.

때는 대지가 봄의 기운으로 충만한 4월이었다. 제주도 전체가 하나의 거대한 정원처럼 건물과 아스팔트로 포장된 도로를 제외하고는 온통 꽃, 꽃, 꽃이었다. 노오란 유채꽃이 만발한 들을 지나 골프장에 이르렀다.

절친한 친구와 둘만의 라운드였다. 공을 친다기보다는, 룰루랄라 시시덕거리며, 피부에서 간지럽게 꼬물거리는 햇살과, 부드럽게 볼과 머리카락을 애무하는 바람과, 콧속으로 스며드는 싱싱한 숲의 냄새와, 시야에 가득 담겨오는 꽃무리의 환영인사를 즐기며 제주의 잔디밭을 걷고 있었다.

러프와 페어웨이의 경계였다. 보자기만한 토끼풀밭이 있었다. 목이 잘려나간 토끼풀꽃도 있었지만 용케도 잔디 깎는 기계의 칼날을 피한 토끼풀꽃 몇 송이가 발돋움을 하고 서 있었다. 나는 꽃을 꺾어 친구에게 반지를 만들어 주고 싶었다. 그 순간 내 눈을 잡아끈 것은 네 잎 클로버였다. 다섯 잎, 여섯 잎, 일곱 잎 클로버도 있었다.

"애, 일루 와봐. 여기 이상하게 생긴 클로버가 있어."

그린에 올라가려던 친구가 달려왔고 우리는 네 잎 클로버를 비롯한 다섯 잎, 여섯 잎 클로버를 수집하기 시작했다.

그때 뒤쪽에서 공이 날아왔다. 우리는 쭈그리고 앉아서 치마폭에 클로버를 담기에 여념이 없었으므로 뒷조는 우리를 못 보았을 것이다. 다행히 공에 맞지는 않았지만, 나는 마치 나를 겨냥해서 날린 총알을 피한 듯이 가슴을 쓸어내렸고, 캐디는 자기책임이라 되는 양 그린 위에서 발을 동동 굴렀다.

"미안합니다. 네 잎 클로버를 줍느라 그랬어요."

비명소리를 듣고 헐레벌떡 뛰어온 뒷조에게 우리가 사과했다. 전방을 주시하지 못한 뒷조에게 책임이 있는 것인지, 그늘진 토끼풀밭에 숨듯이 앉아있었던 우리에게 잘못이 있는 것인지는 잘 모르겠다.

나는 네 잎 클로버를 발견했으므로 그곳에서 멈추었다. 그래서 공에 맞을 뻔했다. 그러나 네 잎 클로버를 꺾으려고 주저앉았기 때문에 사고가 비켜갔다. 네 잎 클로버를 발견하지 못했더라면 뒷조의 공에 맞을 뻔한 일도 일어나지 않았을 것이다. 세상만사가 새옹지마라고 행과 불행은 동전의 앙면처럼 두 얼굴을 가지고 있었다.

"클로버는 잡초입니다. 클로버가 번지기 시작하면 잔디를 다 잠식한다던데. 골프장 측에 얘기를 해야겠네요."

제법 신사티를 내는 뒷조에게 우리는 머리를 한 번 더 조아리고 그린으로 달려갔다.

나는 그날 주워 온 네 잎 클로버를 제주도 여행 기념으로 친구들에게 나누어 주었다.

서양에서는 네 잎 클로버처럼 길복을 가져다준다고 믿어 간직하는 물건을 마스코트라고 한다. 프랑스의 프로방스 지방에서 말하는 마녀(魔女; masco) 또는 작은 마녀(mascot)에서 유래된 말이다. 마스코트로 사용되는 것은 네 잎 클로버, 호랑이 털, 호랑이 발톱, 암 여우의 생식기, 물고기의 이빨, 사나운 조류의 발톱, 보석 장식품, 신비한 도형이나 명문(銘文)을 적은 종이쪽지 등이 있으며, 이 밖에도 사고발생 시 대신한다는 뜻으로 자동차에 매다는 인형도 마스코트에 속한다.

동양에서는, 재앙을 막아주고 복을 가져다준다고 믿는 주술적 도구를 부적이라고 한다.

기원은 원시시대까지 거슬러 올라가 인류가 바위나 동굴에 해, 달, 짐승, 새, 사람 등 주술적인 암벽화를 그린 것에서 찾을 수 있다. 또한 통일신라시대에는 처용의 얼굴을 그려서 대문에 붙여 역신을 쫓았다는 기록이 있다. 대부분의 부적은, 붉은빛이 나는 경면주사(鏡面朱砂)나 영사(靈砂)를 기름이나 설탕물에 개서, 괴황지(槐黃紙)나 누런빛이 도는 창호지에, 글씨, 그림, 기호 등을 그린 것으로, 동양인들은 벽이나 문에 붙이거나 몸에 지닌다. 종이 이외에 돌, 나무, 청동, 바가지, 대나무 등으로 만들기도 한다. 벼락을 맞을 때 번개신이 깃들여

잡귀를 쫓는다고 믿는 동양인들은, 벼락 맞은 복숭아나무나 대추나무를 몸에 지니기도 한다. 목적과 기능에 따라서, 주력(呪力)으로써 좋은 것을 증가시켜 이(利)를 성취하게 하는 것과, 사(邪)나 액(厄)을 물리침으로써 소원을 이루게 하는 것이 있다.

내가 첫딸을 낳고 다음번엔 아들을 낳아야겠다는 독한 맘을 먹고 연구·노력하고 있을 때, 친구가 비방을 들려줬다.

"한식집 문에는 문고리가 있잖아. 하나는 도넛처럼 동그란 구멍이 뚫린 암컷이고, 하나는 그 동그란 구멍에 찔러 넣는 수컷이잖아. 그 조그만 쇠몽둥이처럼 생긴 수컷을 구해다가 암탉의 뱃속에다 넣고 삶아서 먹으래. 그럼 틀림없이 고추달린 아들을 낳는대."

임산부는 철분을 섭취하고 섭생을 잘하라는 뜻이라 믿고, 문고리를 암탉과 함께 푹 고아서 먹었다. 그리고 아들을 낳았다.

나는 하느님도, 우리네 조상신도 신봉한다. 십자가도 목에 걸고 다니고 벼락 맞은 대추나무 조각도 간직한다. 기도의 영력을 믿듯이, 네 잎 클로버나 벼락 맞은 대추나무가 행운을 가져다주거나, 불운을 몰아내는 힘이 있다고 믿는다.

내가 사용하는 골프채는 나와 같이 라운드를 다니는 친구의 것과 상표가 같다. 어느 날 라운드에 라운드를 막 시작하려는데 캐디가 내 골프채 샤프트에 손톱만한 하트모양의 스티커를 붙이고 있었다.

"바뀔까봐? 내 것은 샤프트가 파랗고, 쟤 것은 회색이야."

내 골프채와 친구의 그것이 어디가 어떻게 다른가를 지적해 주었다.

"그렇기도 하지만요. 부적이에요. 쌩크, OB, 뒷땅치기를 막아준다고요."

그날 나는 부적의 기를 받아서 좋은 점수를 냈다.

네 잎 클로버를 붙인 볼마커를 사용하는 골퍼도 있다. 구멍에 힘차게 들어가라고 독이 파랗게 오른 고추를 골프공에 그려 넣는 골퍼도 만났다. 네 잎 클로버가 행운의 상징이고, 고추는 구멍에 들어가는 물건의 상징임은 누구라도 안다. 국제규격이 정한 크기와 무게에서 벗어나지 않는다면, 리모컨으로 조작하도록 센서를 장착하지만 않는다면, 공의 표면에 무슨 낙서를 해도 괜찮다.

자신에게 행운을 가져다준다고 믿는 숫자가 새겨진 공만 사용하는 골퍼도 있다.

A 골프장의 첫 홀은 오른쪽으로 개다리처럼 굽은 홀이다.

내가 이곳에서 티샷한 공은 언제나 계곡으로 흘렀다. 페어웨이의 왼쪽을 보고 쳐도 공은 시든 난초잎처럼 오른쪽으로 맥없이 휘어지고는 했다. 음침한 계곡 어디인가에 골프공을 주식으로 삼는 귀신이 분명히 산다.

"푸닥거리라도 해야쓰겄다. 첫 홀부터 김이 팍 새자녀."

첫 홀, 첫 샷에서 OB 내고, 새 공 잃어버리고 기분이 좋을 리가 있겠는가.

어느 날 우연히 N 상표의 2번 공으로 티샷을 했는데, 절묘한 각도로 공이 휘어 그린 에지까지 갔다. 그 후에도 같은 상표의 같은 번호의 공을 쓰면 OB가 안 났다. 그래서 A 골프장에 갈 때는 N 상표의 2번 골프공을 구해서 간다.

언젠가 야구심판 출신의 작가가 쓴 글을 읽었다.

그는 야구심판이 얼마나 고단한 직업인가를 실감나게 서술한 뒤에 '끝내주는 공'에 얽힌 일화를 들려줬다.

연장 11회 말, 스코어는 7대 8, 2 아웃, 2루와 3루에 주자가 있다. 타자가 2루타를 날리면 공격팀이 이기고, 3진을 먹으면 수비팀이 이기고, 투수가 타자를 걸러내든지 타자가 번트라도 대서 1루로 나가면 지루한 경기는 계속된다. 피곤하고 고단한 그의 소원은 빨리 경기가 끝나서 집에 가서 발 닦고 아들아이의 재롱을 보는 것이다. 그것만이 천국이다. 그럴 때면 그는 공주머니 안에 손을 넣어 복권을 뽑듯 '게임을 끝내주는 공' 을 꺼낸다. 뽀얗고 반들반들한 새 공도 아니고 이음매의 실밥이 풀린 헌공도 아니고, 어느 곳에 특별한 표식이 있는 공도 아니다. 그 공에 손이 닿으면, '아빠 빨리 돌아오세요' 라고 하는 아들아이의 목소리가 들린다고 한다. 투수에게 공을 던져주고 난 뒤 그는 얼굴을 가린 쇠창살을 벗겨 내고 방탄조끼도 벗어버리고 홈, 스윗 홈으로 달려간다. 어느 팀이 이겼는지는 모르지만 아무튼 경기는 끝났으므로.

마술사가 지어준 묘약이라며 파란 주머니에서 빨간 알약을 꺼내먹고 라운드에 임하는 골퍼도 만났었다. 5타를 줄여준다고 선전하는 스포츠음료도 마셔봤다. 정말 5타를 줄일 수 있는 음료수가 개발된다면 골퍼들 세계에 핵폭탄이 떨어진 듯한 소동이 일어난다. 골프란 도핑테스트는 안 하는 경기니까, 골프공을 두 쪽으로 쪼개는 힘이 솟는 약을 먹더라도 동반자가 상관할 일이 아니다.

나는, 기필코 꼭 성공해야 할 퍼트와 맞닥뜨렸을 때, 동반자들의 양해를 구한 다음 하늘을 향해 두 손을 높이 뻗어 올리고 '빠샤빠샤!' 라고 큰 소리로 주문을 외운다.

내가 주문을 외우는 행위는, 부적을 붙이거나 특별한 번호의 공을 사용하는 것은, 나의 주문이나 기도가 신에게 전달되어 소원이 이루어지기를 바란다기보다는 최선을 다하고자 하는 내 자신과의 약속이다.

나는 '두드려라 열릴 것이요, 노력하면 이루리라' 라는 성
경 말씀을 믿는다.

골프가 추구하는 최고의 가치
'Long and Sure'

여름날 저물녘의 공원, 벤치에 사람들이 앉아있다. 주로 연인 사이로 보이는 젊은 남녀들이다. 벤치는 장쾌하게 물줄기를 뿜어내는 분수를 향하고 있다. 황금빛 노을을 배경으로 물줄기는 하늘 높이 붉게 솟아올랐다가 금가루로 떨어진다. 남자의 손은 여자의 어깨나 허리에 둘려있다. 간혹 여자의 몸이 남자 쪽으로 더 많이 기울거나, 자신의 허리에 둘린 남자의 손을 마주 잡고 있는 여자도 있다.

"저 녀석들 저기 솟구치는 물줄기처럼 시원스럽게 분출하고 싶어서, 그 찰나를 위해 여자에게 온갖 정성을 바치고 선물을 바치고 별의별 유혹과 아첨을 하는 거지."

돌아보니 머리가 허옇게 센 노부부가 나란히 앉아있었다.

"그게 인생이고 사랑 아니겠수?"

"찰나가 겁으로 이어질 줄 누가 알았겠나."

천지가 한 번 개벽한 때부터 다음 개벽할 때까지의 동안을 겁(劫)이라고 하는데, 아무리 길고 오랜 영겁이라 할지라도 찰나로 점철되어 있음을 모르는 사람이 있겠는가. 나는 50년은 해로를 했을 성싶은 노부부가 석양빛으로 길어진 그림자를 드리우며 멀어져가는 모습을 무심하게 바라본다.

만약에, 누가 나에게 진실한 사랑을 해보았냐고 묻는다면, 나는 대답에 앞서 반문하고 싶다. 이성과 연애를 해보았냐고 묻는 거죠? 라고. 하느님이나 부모나 자식에 대한 사랑이나, 남녀노소, 혈연, 인연, 인종을 초월한 인류애를 해보았냐고 묻지는 않으리라. 더욱이 동물이나 무생물이나 학문이나 운동에 대한 사랑을 묻지는 않으리라.

사랑이 무엇인가. 과연 마음만의 사랑이 사랑인가. 사랑은 그 사랑을 실천할 때만 완성된다. 하느님에 대한 사랑은 기도와 헌금과 하느님의 말씀을 실천하는 노력봉사로 이루어져야 한다. 부모나 자식이나 이성에 대한 사랑도 마찬가지이다. 늘 아끼고 염려하고 긍휼히 여기는 마음과 금전적인 뒷바라지와 가능한 어깨라도 주물러드리면서 많은 시간을 함께 해야 한다.

젊은 날에는 사랑이 무언지 몰랐다. 사랑이 무언지 몰랐다기보다는, 정욕이나 열정이나 집착이나 소유욕이나 그런 감정들이 종합된 연애라는 행위가 사랑인줄 알았다. 정열만 하늘을 찔렀고, 사랑을 실천하는 법을 몰랐다. 소유하려 했고, 관리하려 했다. 설익은 치기로 내 욕심만 부렸던 이기적인 사랑이었기에 고통이 뒤따랐고, 나 자신뿐만 아니라 상대에게까지 괴로움과 상처를 주었다. 인간을 사랑하는 법도 몰랐고, 사랑을 사랑하는 법도 몰랐다.

진정으로 사랑했는지도…… 돌아보면 의문으로 남는다.

내가 처음으로 골프채를 만져볼 즈음, 나보다 5년 쯤 먼저 골프를 시작해서 보기(bogey)플레이를 하고 있던 친구에게 물었다.

"골프가 어떤 운동이니?"

친구는 그런 질문을 처음 받아본다는 듯, 가만히 눈을 내리깔고 생각하다가 말했다.

"예민해."

골프구력 5년 차 즈음에 누가 내게 골프가 어떤 운동이냐고 물었다면 나는, 작대기로 공을 쳐서 풀밭에 파놓은 구멍에 집어넣는 운동인데, 다섯 번보다는 네 번, 네 번보다는 세 번만에 공을 넣는 사람이 이기는 운동이야, 쯤으로 대답했을 것이다.

골프 15년 차인 나에게 누가 똑같은 질문을 한다면,

"예민하고, 관능적인 운동, 섹스처럼 오르가슴을 느끼는 운동이야."

이라고 인생을 달관한 노인네처럼 말하리라.

"어떻게 하면 잘할 수 있는데요?"

라고 더 묻는다면, 나는 사랑의 실천법을 알려주리라.

하느님에 대한 사랑을 실천하는 법이 기도와 헌금과 노력 봉사이듯, 열정과 금전적 투자와 연습만이 골프에 대한 사랑을 실천하는 법이며, 잘할 수 있는 길이라고.

누구라도 남녀 간 연애의 진수가 섹스임을 부인하지는 못한다. 그리고 섹스의 진수는 오르가슴이다.

섹스를 해보았는가, 오르가슴의 순간을 느껴보았는가.

둘이 하나가 되었다가 이대로 같이 나락으로 떨어져도 여한이 없겠다고 절규하는 순간, 활화산에서 흘러내리는 용암이 온몸을 지지며 파고들어오는 듯한 극치의 순간, 울고 싶기도 하고 웃고 싶기도 하고 고함을 지르며 발작을 하고 싶은 순간, 더 이상 오를 곳이 없어 추락이 두려워지는 절정의 순간, 십 년 동안 붙들고 있던 화두의 답을 얻어 마침내 해탈하는 순간.

그 찰나를 맛보기 위하여 인간은 얼마나 노력하는가. 책을 읽고, 경험자의 조언에 귀 기울이며, 수없이 실행하고 시행착

오를 범하며 몸부림친다.

완벽한 샷의 오르가슴을 아는가.

화살이 날아와 과녁의 정중을 꿰뚫듯이 공이 클럽의 페이스를 뚫고 들어와 헤드의 핵에 쑤셔박히는 서늘한 느낌, 몸과 클럽과 공이 하나가 되어 2만 볼트의 전기를 발산하는 느낌, 아니면 양 방향에서 날아오던 두 대의 전투기가 공중에서 격돌하여 장렬히 산화하는 느낌.

세상에 두려운 것이 없었던 젊은 시절, 힘이 강하면 천하무적일 줄 알았다. 관능적인 섹스가 아닌 강한 섹스만을 추구했다. 기력을 깡그리 소진시키며 불타올랐고, 땀으로 뒤범벅이 되어 허탈하게 추락하고는 했다.

의욕과 열정에 들떠 골프를 쫓아다닐 즈음, 샷은 무조건 클럽헤드로 공을 가격하는 것이라고 믿었다. 사납게 두들겨 맞은 공이 멀리 난다고, 오직 강한 자만이 승리의 트로피를 움켜쥔다고 믿었다. 어리석게도 굿샷과 미스샷의 갈림길이 어디에 있는 줄도 몰랐고, 장외홈런은 OB인 줄도 몰랐다.

세월이 흘러, 삶의 완벽을 추구하고, 사랑의 완벽을 추구하고, 골프에서도 완벽을 추구하면서 환상에서 깨어났다.

"공은 이미 날아가고 있는데, 아직도 공이 클럽페이스에 착 달라붙는 느낌요, 아니죠. 오르가슴이죠."

어느 싱글핸디캡 골퍼가 정타를 그렇게 묘사했다.

정타란, 드라이버 샷에서 퍼트에 이르기까지 어디에나 존재하지만 쉽게 포착할 수 없는 오르가슴이다.

행복의 파랑새처럼 손아귀에 쥐었다 싶어서 손바닥을 펴보면 손금의 고랑에 땀만 남겨놓고 날아가 버린 허상이다. 눈으로 보거나 만질 수는 없지만 분명히 감각기관을 관통하고 지나가는 저릿한 필(Feel)이다.

정타란 골프가 추구하는 최고의 가치 'Long and Sure'를 이룰 수 있는 유일한 통로이다.

오르가슴이 없는 섹스를 상상해보라. 정타가 없는 골프도 상상해보라.

정타가 없는 골프는, 오르가슴이 없는 섹스이다.

섹스에서 쾌락의 절정인 오르가슴의 순간은, 채 1초도 안 된다. 골프의 샷 중에 진정한 정타의 격돌로 맛보는 황홀의 극치도 채 1초가 안 된다. 프로골퍼라고 하더라도 한 라운드에 기껏 한두 번이나 정타의 희열을 맛본다고 한다. 그 찰나에 희비가 엇갈린다. 페어웨이의 안착과 OB가 갈리며, 홀인의 순간과 공이 구멍만 핥고 나오는 허탈하고 찝찝한 순간이 엇갈리는 것이다. 100만 달러의 상금이 손아귀에 들어오기도 하고, 파랑새처럼 날아가 버리기도 한다.

섹스에 쾌락이 없었으면 인간을 포함한 모든 생물은 종족을 번식시키지 않았다. 전희나 후희는 진정한 사랑의 오르가슴을 위한 수단이지 목적은 아니다. 오르가슴이 없었더라면 인간은 멸종했다.

골프의 스윙 역시 정확한 임팩트인 정타를 위한 과정이며 수단이다. 골프에 정타의 오르가슴이 없었다면 우리는 진즉에 골프라는 운동의 장례식을 치렀다. 섹스가 전희나 후희만으로도 충분히 즐거울 수 있듯이 청량한 공기를 마시며 벗과 더불어 풀밭을 걷는 것만으로도 한량없이 기쁠 수는 있다. 그러나 짜릿한 정타의 희열이 있음으로써 골프가 존재한다. 그 찰나를 맛보려고 골퍼는 인고한다. 정확한 방향성과 거리의 극대화를 가져다주는 정타의 고지를 향한 염원으로 골퍼는 성숙한다. 정타만이 원하는 대로 공을 멀리 정확하게 보낼 수 있기 때문이다.

골프는, 정타의 오르가슴을 위한 가없는 정진이다.

성인비디오로 배우는 성인골프

공부란 학문이나 기술을 배우거나 닦는다는 뜻이다. 그러니까 골프를 잘하기 위해서도 공부를 해야 한다.

나는 골프에 입문하면서 대부분 기술은 나보다 골프를 먼저 익힌 남편에게 배웠다. 그렇다면, 나의 스승인 남편의 스승은 누구인가. 남편은 독학을 했다. 골프교습서와 유명프로의 강의내용을 담은 비디오테이프가 남편의 스승이다. 그래서 우리 집 서가에는 10여 권의 골프교습서와 50여 개의 골프교습용 비디오테이프가 꽂혀 있다. 아직도 향학열에 불타는 남편은 골프에 관한 책과 비디오테이프를 사들인다.

어느 날 낮에 나는 고요하게 명상에 잠겨있었다. 명상이 지나쳐서 까무룩 맛있는 낮잠으로 넘어가려는 순간 난데없이 초인종이 울렸다. 눈을 비비고 인터폰으로 현관 밖의 동정을 살폈다. 현관문 건너편에는 택배회사 제복을 입은 사내가 서 있었다. 그는 내게 상자 하나를 건네주었다. 발송처는 홈쇼핑 회사였고, 주문자는 남편이었다.

"뭘 주문했어? 뜯어봐도 돼?"

나는 직장에 있는 남편에게 전화를 걸었다.

"응, 비디오테이프야. 먼저 틀어보고 공부 해."

나는 골프 스윙이 망가졌다는 느낌이 오면, 스승인 남편에게 스윙 폼을 보여주면서 어디가 어떻게 잘못되었는지를 묻는다. 골프의 핸디캡은 싱글이고 이론에도 밝은 남편은, 처음에는 정겹고 고분고분하게 설명을 해주었다. 그러나 비슷한 질문을 하도 해대니까 찜부럭을 부렸다.

"내가 몇 번 말했는데 그것도 몰라? 아무리 알려줘도 그대로 안하면서 왜 물어? 내가 보기엔 당신은 머리도 나쁘고 운동신경도 둔하면서 일껏 알려주면 아니라고 우기기까지 하잖아."

이런 몰상식하고 모욕적인 언사를 갈겼다. 그러더니, 둔한 제자의 시달림에 지친 영악한 스승은 교습방법을 바꾸었다. 자신이 독학한 대로 비디오테이프를 통한 교습 방법을 전수한 것이다.

"또, 골프 테이프야?"

"공부하라니까. 이따가 숙제 검사할 거야. 나 지금 바빠."

숙제 검사까지 하겠다니, 나는 끊겨버린 전화에 대고 투덜거리면서 포장을 뜯었다. 상자에서 나온 물건은 예상했던 대로 비디오테이프였다.

항용 책이나 비디오테이프의 표지에는 내용을 짐작하게 하는 사진이 붙어있다. 골프레슨테이프에는 주로 잘생긴 서양 골프선수의 사진이 붙어있다. 골프대회를 녹화한 테이프에는 노출이 심한 옷을 걸친 여자골프선수들의 모습이 박혀있기도 하다.

히야, 무지하게 예쁜 여자골프선수도 있네. 골프레슨테이프치고는 표지의 사진이 파격적이라고 생각하며 뒷면을 살폈다. 뒷면은 더욱 해괴했다. 벌거벗은 남녀가 끌어안고 있는 사진이 붙어있었다.

어쨌거나, 지엄하신 서방님의 명령을 거역할 힘이 나에게는 없었기에, 공부를 하기 위해서 필기도구를 준비하고 테이프를 레코더에 걸었다.

짜잔, 화면이 열렸다. 19세 미만의 청소년에게 이 영화를 보여주면 안 된다는 경고문이 푸른 바다 같은 화면 위를 기러기처럼 너울너울 날아갔다. 그다음은 화면에 산도 나오고 물도 나오고 촛불도 나오면서, 해설자가 영어로 지껄이는 소리가 흘러나왔다.

푸른 숲이 펼쳐지고 울창한 나무 사이에서 나뭇잎으로 치부만을 가린 남녀가 등장했다. 태초에 자연이 있고, 인간이 있고, 그리하여 골프가 탄생했다는 암시 같았다. 앗, 그들은 이렇다 할 설명도 없이 손을 맞잡더니 끌어안더니, 입을 맞추더니, 이 무슨 희한한 일이람, 눈뜨고 보기에는 참으로 민망한 작태를 벌이는 것이었다. 나는 생각에 잠겼다. 골프를 잘하려면 남녀가 이렇게 서로 비비고 물고 빨고 핥아야 하는가. 생각에 잠긴 사이 화면에서 희뿌연 안개가 모락모락 피어올랐다. 장면이 바뀌었다. 여자가 남자에게 남자가 여자에게 몸에 기름을 발라 문질러주기도 하고, 욕조에 몸을 담그고 앉아서 서로 간질이기도 했다. 나는 대사는 못 알아듣지만 출연자가 전달하려는 바가 무엇인지 알 것 같았다. 나는 내 생각을 놓치기 전에, 화면이 지나가기 전에 얼른 메모를 했다.

1. 나체로 엎드려 있는 남자의 몸에 여자가 기름을 바름.
2. 역시 나체의 여자가 남자의 엉덩이 부분에 올라앉아서 등과 어깨를 주무름.
3. 남자는 다리를 뻗은 자세로 등을 벽에 기대고 앉음.
4. 여자가 남자의 허벅지에 다리를 벌리고 올라앉아 가슴

과 가슴을 밀착시킴. 과도한 스윙으로 뭉친 근육을 풀어주기 위한 마사지인 것 같음.

다른 골프레슨테이프를 보면서 공부를 할 적에는 없었던 현상이 일어났다. 침이 꼴깍꼴깍 넘어가면서도 목이 탔다. 아무래도 냉수라도 한 사발 들이켜야 할 것 같았다. 아크로바틱한 공연용 발레 제17번 다리 찢기 자세로 남녀가 엉겨있는 화면을 정지시켜놓고 주방 쪽으로 갔다. 얼음을 띄운 냉수를 한 사발 마시고 화장실도 들렀다가 다시 텔레비전 앞으로 왔다.

"엄마, 우리 집 텔레비전은 바탕화면도 있는 거예요?"

외출했던 아들이 언제 들어왔는지 소파에 앉아있었다.

"너 언제 들어왔니?"

평소에는 넙죽넙죽 대답을 잘하던 아들이 말을 삼키면서 엄마를 빤히 바라보고 있었다. 아니, 무엇엔가 심히 놀란 듯이 동공이 커다랗게 열려 있었고, 그 눈은 텔레비전과 엄마 사이를 왔다 갔다 하고 있었다.

텔레비전에서 암상스러운 고양이가 앓는 것 같은 이상야릇한 신음이 흘러나왔다. 몇 초 전만 해도 남자가 여자의 축구공만한 가슴에 깔려서 질식할 것처럼 숨을 몰아쉬었는데, 어느새 전세를 역전시킨 남자가 여자를 죽일 듯이 깔아뭉개고 있었다. 아들 녀석이 리모컨의 단추를 누른 모양이었다. 저러다가 여자 주인공이 죽는 것은 아닐까 걱정도 되었지만, 내가 본 영화 중에는 전반부에서 주인공이 사망하도록 설정을 한 영화는 없었다. 그래서 주인공은 절대로 죽지 않는다고 일러주려고 아들을 바라보았다. 아들의 표정이 묘했다. 여자의 밑에 깔려서 죽어가는 남자에게 연민을 느끼는가, 좌우간 몹시 당황한 눈치였다. 아들은 내가 제대로 형용할 수 없는 무척 불편한 표정을 짓고 있었다.

"이게……. 그러니까……. 이게……. 저는 보면 안 되는……."

나는 아들이 갑자기 말을 더듬거리는 꼴을 보고서야 내가 틀어놓은 영화가 미성년자관람불가이었음을 상기해냈다.

"맞다. 아들아, 이 영화는 미성년자관람불가니까 눈감고 귀막고 앉아있어라."

내가 말을 마쳤을 때, 아들은 이미 제 방 쪽으로 가고 있었다.

"엄마, 저 공부해야 해요. 소리나 줄여주세요."

방문이 닫히면서 문틈으로 아들의 목소리가 날아왔다.

분명, 아들은 엄마의 공부를 방해했다. 불효자식 같으니라고. 영어 듣기는 거의 귀머거리 수준이라 뭔 말을 씨부렁거리는지 잘 모르겠지만, 은은한 배경음악은 들어줄만 했는데. 엄마의 공부를 방해하는 아들 녀석을 혼내줄까 하다가 나는 곧 마음을 고쳐먹었다. 내 공부도 중요하지만 수험생인 아들의 공부가 더 중요하지 않겠는가. 그러니까 나는 더 중요한 공부를 하는 아들을 위하여 조용히 죽은 듯이 공부해야 한다.

저녁에 퇴근을 한 남편이 겉옷을 벗기도 전에 물었다.

"공부 얼마만큼이나 했어?"

"중요한 대목은 다 기록을 했지."

나는 필기한 노트를 남편 앞에 대령했다.

"그럼 앞으로는 특별한 스윙이 나오는 거야?"

"아직은 어림도 없지. 몸에 익어야 자기 것이 된다고 했잖아. 프로골퍼의 스윙을 구경했다고 해서 똑같은 스윙이 나오나, 뭐. 그래도 흉내는 낼 수 있어."

내 말을 듣는 남편이 고개를 갸웃했다.

"소녀경이나 카마수트라 같은 부부의 방중술을 가르치는 비디오가 나왔다는 정보는 입수했었는데, 점잖은 체면에 가게에서 살 수는 없고, 내가 홈쇼핑의 이로운 점을 알았지. 얼굴을 안 내밀고도 얼굴 뜨거운 물건을 쇼핑할 수 있다는 거."

남편은 착한 일을 하여 칭찬받는 초등학생처럼 다소 의기양양하게 말했다.

"뭐라고? 그럼 이 물건이 골프레슨테이프가 아니고 그 머시라냐, 성인용 비디오였어? 어쩐지 좀 이상하더라니."

"다 같은 거야. 방중술은 골프스윙에도 응용이 되는 거야."

이해가 될 듯도 했고 아니 될 듯도 했다. 그러나 스승이 그
렇다면 그렇지 않겠는가.

"그 테이프 간수 잘 해. 아들 눈에 안 뜨이게 하라구."

남편은 레코더에서 테이프를 뽑아서 내게 넘겨준다.

참 난감하다. 도둑이 탐낼 물건이라면 양말 속이나 장판 밑
이나 된장항아리 밑에다 감추련만, 이런 물건은 어디에다 숨
겨야 좋을지 모르겠다. 나는 일단 눈에는 안 뜨이도록 안방
장롱 속의 쌓아놓은 이불 사이에 테이프를 감췄다. 그리고 과
일접시를 들고 남편 옆에 나란히 앉았다.

비디오의 주인공들이 하던 동작을 취해보고 싶었지만, 그
러기에는 너무 열없어서, 간단한 동작으로 남편 허벅지에 한
다리를 처억 걸치고 텔레비전을 보았다. 뉴스가 끝나고 주말
연속극으로 넘어갈 즈음이었을까. 갑자기 안방에서 아들의
비명이 들려왔다. 나는 달려 들어갈까 하다가, 칠칠찮은 녀석
이 침대모서리에 허벅지라도 부딪치고 엄살을 피우고 있을
것 같아서 텔레비전 화면에 눈을 고정시켰다.

"엄마가 공부한다는 이 테이프, 이 요상한 테이프 때문에,
아들 죽을 뻔했어요."

아들이 절룩거리면서 안방에서 나왔다. 손에 비디오테이프를 들고 있는 아들은 자못 아픈지 눈물을 흘리고 있었다.

날씨가 추워진 탓에 아들 녀석은 두꺼운 이불을 꺼내려고 안방의 이불장 문을 열었는데, 느닷없이 벽돌처럼 생긴 것이 떨어지며 발등을 짓찧었다는 것이다.

"여보, 저 테이프 때문에 아들 죽으면 안 되잖아. 십년공부 나무아미타불이라고. 테이프를 없앱시다."

아들의 발에 요오드팅크를 발라주고 제 방으로 쫓아 보낸 뒤 내가 남편에게 말했다.

"이 마누라 공부하기 싫어서 그러지? 안 돼. 저 녀석 잠들면 오늘 저녁에 같이 공부하자구. 저걸 익혀놓아야 스윙도 부드러워지고, 아들도 하나 더 만들 수 있어."

For the Golf, By the Golf, Of the Golf

내가 제일 싫어하는 골프라운드 동반자의 성비율은 삼대일이다. 남성 셋에 홍일점으로 내가 끼는 라운드도 달갑지 않고, 여성 셋에 청일점이 섞인 라운드도 기껍지 않다.

내가 홍일점이 되었던 라운드는, 주말에 두 부부가 라운드를 하기로 했는데 계획이 어그러져서 남편 친구들을 불러 팀을 급조한 경우였다.

언젠가 친구들 넷이 라운드를 하기로 했던 날, 한 친구가 시어머니 상을 당했고, 남은 한자리를 다른 친구의 남편이 메웠다. 남성 티에서 홀로 서 있는 친구의 남편이 외로워 보였고, 티샷한 공이 떨어진 지점까지 걸어가는 동안도 그는 심심해 보였다. 그가 자청해서 우리에게 얹히기는 했지만 그에게 미안한 맘이 들었다.

내 친구 중에 주로 남자들하고만 골프라운드를 하는 친구가 있다. 그녀의 드라이버 샷의 거리는 200미터가 넘는다. 남성들이 쓰는 레귤러 티에서 공을 날리면 남성골퍼들과 비슷한 지점에 떨어진다.

파4홀에서 여성들이 쓰는 레드티에서 드라이버를 잡으면, 두 번째 샷은 숏아이언이나 피칭웨지를 사용하는 것 같았다. 그녀는 3번 아이언으로 170미터를, 피칭웨지로 공을 100미터나 날린다.

장타자이다 보니 OB도 잘 내서 엉뚱한 타수를 기록하기도 한다. 그래서 나와 비슷한 성적으로 18홀을 마무리하기도 하지만, 내용은 비교가 안 된다. 아마도 그녀는 드라이버 샷의 거리가 자신보다 50미터도 더 짧은 여자들하고의 라운드는 재미가 없을 것이다.

꽤 오래 전에 아마추어 여성챔피언하고 라운드를 했었다. 다른 동반자는 남성변호사였는데, 둘은 챔피언 티에서 치겠다고 했다. 나 혼자만 100미터 앞에 있는 레드티에 서면 경기의 흐름이 깨질 것 같아서 나도 챔피언 티에 올랐다.

챔피언 티에서 공략하는 골프코스는 레드티에서 바라보는 지형과는 전혀 다름을 그날 나는 처음 알았다. 나에게는 파3홀이 없었다. 레드티의 파4홀은 챔피언 티에 서면 모두 파5홀이었다.

티잉 그라운드에서 공을 200미터 넘게 날리고 담소를 나누며 한가롭게 걷는 변호사와 챔피언은 무척 즐거웠겠지만, 빨리 뛰어나가 두 번째 샷을 서둘러야 하는 나는 고독했고 죽을 맛이었다.

그럼에도 불구하고, 우리 여자들만의 라운드에 자주 섞이는 남자가 있다. 그, 경한 씨는 싱글핸디캐퍼이고, 드라이버 샷의 거리는 남성골퍼 평균 수준이다.

그가 나와 라운드하려는 까닭은 상당부분 골프 이외의 다른 이유이다. 그는 나와 골프 '를' 즐기고 싶어 하기보다는 골프 '도' 즐기고 싶어 한다. 그는 나와 긴 시간을 함께 있기를 바라고, 좀 더 친해지기를 소원한다. 애인이 되고 싶어 한다.

지난주, 나와 라운드를 하고 싶어 하는 경한 씨가 부킹을 했다. 나는 친구인 경희를 불렀다.

"별명이 케리웹인 후배가 있어. 무지 스윙이 좋은 장타야. 지난번에 내 눈앞에서 76타를 쳤어. 너, 걔 치는 거 한번 봐."

경희는, 골프칼럼을 쓰는 작가선생님과의 라운드를 원하는 케리웹에게는 나를, 내게는 멋진 스윙을 가진 여성 싱글핸디캐퍼를 보여주고 싶다고 했다. 그래서 여자 셋에, 청일점으로 경한 씨가 더해졌다.

첫 홀은, 경한 씨는 레귤러티에서 여자들은 레드티에서 쳤다. 케리웹의 공만 홀로 외로이 그린 앞 50미터 지점에 놓여 있었다.

"얘, 넌 다음 홀부터 경한 씨하고 레귤러티에서 치는 게 낫겠다."

경희가 케리웹을 레귤러티로 올려 보냈다.

"언니, 그래도 되겠어요?"

케리웹이 살짝 보조개를 파며 애교어린 어조로 내게 동의를 구했다. 그녀는 첫 홀부터 레귤러티에 올라 호쾌하게 공을 날렸으면, 하는 눈치였다. 나도 흔연하게 고개를 끄덕여주었다.

골프란, 드라이버로 때린 공이 150미터밖에 안 나가더라도 충분히 즐거울 수 있는 운동이라는 명언에 나는 이의가 없다. 그러나 더 즐거울 수 있는 경우가 있다면 누구나 그 쪽을 택한다.

경한 씨는 우리와 라운드를 할 때면 언제나 한가하게 공을 가지고 놀았다. 실전이 아니라 실전에 대비한 연습라운드인 양, 일부러 슬라이스도 내보고 로브샷도 시험해보고는 했다. 가끔은 산도 좋고 물도 좋은 산천으로 원족을 나온 듯이 새소리를 감상하고 꽃향기에 취했었다.

자신의 공은 그린에 올려놓고, 내 공이 빠진 벙커까지 따라 들어와서, 샌드웨지의 날을 세워서 모래 밑 2센티미터 부분을 깊게 파라는 둥, 왼발 내리막은 공을 오른쪽에 놓으라는 둥의 조언을 했고, 그린에서는 왼쪽 브레이크라는 둥, 역결의 잔디에 오르막이므로 세게 치라는 둥의 다정한 잔소리가 많았던 사람이었다.

　그런데 켈리웹과 경한 씨의 공이 앞서거니 뒤서거니 사이 좋게 잔디 위에서 뒹굴기 시작하니까 둘 다 신이 나는 것 같았다. 느슨하게 늘어져있던 고무줄이 팽팽하게 감기는 긴장이 둘 사이에서 맴돌았다. 둘은 티샷의 거리를 비교하고, 두 번째 샷에는 몇 번 아이언을 선택하는지도 서로 흘끔거렸다.

　한 지붕에 아래 두 가족이 살듯이, 골프 한 팀도 두 동아리로 나뉘었다. 케리웹과 경한 씨는 레귤러티에서 속삭이고 경희와 나는 레드티에 서서 수다를 떨었다. 페어웨이를 걷는 동안도 두 동아리로 나뉘어 걸었다.

　"저는 이 골프장 회원이에요. 부킹이 무난해요. 라운드를 원하면 연락해요."

　라운드를 마치고 돌아오는 차 안에서 경한 씨가 케리웹의 스윙과 매너에 대해서 한참 칭찬을 한 다음에 덧붙이는 소리를 내가 들었다.

"언니, 나 또 치고 싶어요."

케리웹이 예쁜 미소를 물며 경희에게 소망을 피력한다. 경희와 나는 마주보고 웃으면서도 썩 기분이 좋지 않았다.

몇 년 전에 우리 여자만의 골프라운드에 섞여들었던 청일점이 있었다. 그는 초보를 벗어나지 못해서 친구들 틈에는 못 섞이는 것 같았다.

"얘, 저 사람, 언제까지 우리 여자들하고 놀 것 같니? 내 생각엔, 1년? 좌우간 90대 치면 우리를 배신할 사람이다."

한 라운드에서 5개 이상의 OB를 내는 드라이버 샷과, 어프로치나 퍼팅도 전혀 할 줄 모르는 그를 바라보며 내가 단정했었다. 원거리 골프장까지 출정을 할 시에 운전도 시키고, 내기골프에서도 주머니 불리는 맛에 붙여주었던 사람이었다.

정말로 1년 반쯤 후에 그는 소리 소문도 없이 우리 곁에서 사라졌다. 그 후에 한자리 비었으니 동반하겠느냐고 전화를 하면, 스크라치로 맞붙는 내기가 아니면 여자들하고는 골프 안 한다고 거드름을 피웠다.

"니가 근래에 와서 팔이 아프다는 핑계로 연습장도 안가고 필드에서도 공을 너무 성의 없이 치기에 케리웹처럼 잘 치는 애를 보면 분발할 것 같아서 불렀는데."

"니 뜻은 알겠어. 근데 경한 씨가 걔한테 작업 들어갔잖아.

길이가 딱 맞는 여자를 만나서 좋은가봐."

나는 필드에서 내게 친절했듯이 케리웹에게도 다감하게 굴던 경한 씨를 떠올리며 아무 죄도 없는 경희에게 볼이 부은 목소리를 쏘았다.

경한 씨에게 나는 골프 '도' 같이 하고 싶은 여자였다. 오늘 그는 골프 '를' 같이 하고 싶은 여자를 만났다. 골프를 같이 하고, 나아가서 무엇을 같이 하고 싶은지는 내가 알 길이 없다. 썩은 밤 속의 죽은 벌레 반 마리를 씹어 넘긴 것처럼 기분이 상했다.

"내가 보기에도 눈꼴시고 괘씸하더라. 우리 경한 씨 같은 헌차는 빼고 세단차로 넣자. 다음 주 수요일 라운드에, 너랑 나랑 미숙이랑 그리고 청일점 하나 끼는 거 알지?"

손을 닦고 세수를 하고 머리도 감고 아니 수세미로 온몸을 벅벅 문질러서 씻어내야 할 만큼 칙칙한 기분에 경희가 양념을 쳤다.

손가락에 장을 지지다

전반 9홀에서, 나는 지난 5년 동안에는 전례가 없었던 이례적인 최악의 기록을 세웠다.

후반전 파3홀이다. 나는 지난 홀에서 또 더블보기를 했으므로 꼴찌로 티잉 그라운드에 올랐다.

"여기서 김 작가가 버디(birdie)를 하면 내 손가락에 장을 지지지."

나보다 실력이 나은 경한 씨를 비롯한 앞서 티샷 한 세 사람의 공이 그린에 오르지 못했다 하더라도, 여태껏 내 점수가 제일 나빴다고 하더라도, 아무리 내 연습스윙 폼이 엉망이라고 하더라도, 경한 씨가 무슨 억하심정으로 내게 그런 오만불손한 모욕의 언사를 내뿜는지 이해가 안 된다.

골프란 초보 아마추어라 하더라도 어느 한 홀은 타이거 우즈보다 잘할 수 있다. 머리를 올리러 가서 홀인원을 한 사람도 있고, 빗맞은 공으로 이글을 잡은 사람도 부지기수이다. 확률은 희박하지만 나도 지금 홀인원을 할 수도 있고, 설령 티샷으로 그린에 공을 올리지 못한다 하더라도 칩샷으로 버디를 낚을 수도 있다. 내게 그런 행운이 오지 말라는 법은 절대 없다.

"남아일언은 중천금이요, 일구이언은 이부지자라고 했습니다. 장을 지지겠다고요? 캐디까지 네 명의 증인이 연서날인하면 공증까지 안 해도 법적 효력이 있습니다."

나는 지금 당한 모욕 말고는 더는 밑질 일이 없는 내기였으므로, 못을 박듯이 말했다.

"정말이라니까! 버디 하면 내 손에 장을 지진다니까!"

경한 씨는 큰소리치며 다짐까지 했다. 내가 버디를 할 확률이 아마도 로또복권에 당첨될 확률밖에는 없다고 굳게 믿는 모양이다.

그린 중앙까지는 130야드, 핀의 위치는 중앙, 그린 앞은 워터 해저드, 그린의 옆과 뒤는 벙커이다. 바람은 앞쪽에서 분다. 그린 앞의 해저드에 집어넣는 것보다는 벙커에 빠뜨리는 편이 버디의 확률을 높여줄 것 같아서, 6번 아이언을 집어넣고 길게 칠 요량으로 5번 아이언을 빼냈다. 공에 새겨진 글자들이 깃대를 향하여 나란히 줄을 서도록 공을 티 위에 올려놓았다. 클럽헤드는 스퀘어하게 열고, 백스윙은 천천히, 다운스윙은 빠르고 힘차게, 손목과 양쪽 팔꿈치의 삼각형이 끝까지 무너지지 않도록, 공은 끝까지 지켜보라. 이외에도 수십 가지 스윙의 정공법이 머릿속에서 맴돌았다.

정타의 느낌이 손에서 팔을 거쳐 뇌리에 팍 쑤셔 박혔다. 경한 씨의 깜짝 놀란 듯한, 어어 잘 가네, 라는 신음이 들려왔다.

세 사람이 어프로치를 시도하는 동안 나는 천천히 호흡을 조절하며 그린 위로 올라갔다. 공과 홀컵 사이의 거리가 족히 10미터는 되었다. 더욱이 공은 홀컵을 지나쳐 높은 위치에서 멈추어 있다.

"버디가 뉘집 애 이름이냐."

위험은 사라졌다고 확신한 경한 씨가 손가락을 쓰다듬으면서 왜장쳤다. 사실 버디는 날아간 듯이 느껴졌다. 그러나 희망을 포기하기에는 이르지 않은가.

숨을 멈추고 퍼터로 공을 훑았다. 공이 구불구불한 내리막 경사를 따라 슬금슬금 기어간다. 너무 약했나, 동그랗고 하얀 덩어리는 갈까 말까 생각하다가 한 바퀴 구르고, 들어갈까 말까 한참을 고민하다가 까닥 인사를 하며 구멍 안으로 스르르 미끄러져 들어갔다.

"나이스 버디."

장을 지지는 의식에 끼고 싶은 표정이 역력하게 내비치는 캐디의 환호가 하늘 높이 울려 퍼졌다.

캐디는 축가를 불러줬다. 그렇다면 나머지 동반자가 해야 할 일은 무엇인가. 아직도 열린 입을 못 다물고 어찌할 바를 모르는 경한 씨에게 자신이 무슨 다짐을 했던가를 상기시켜 주어야 한다. 경한 씨는 남아임을 증명하기 위해서라도 손가락에 장을 지져야 한다.

그러나 참 불행하다. 무엇을 어떻게 해야 손가락에 장을 지지는가를 아무도 모른다.

"끓는 간장 솥에 손가락을 푹 담가야 하나?"

"아냐, 손가락에 간장을 바르고 거기에 불을 붙이는 거야."

"손가락에 불을 붙여서, 손가락의 살을 태워서 간장을 끓여야 해. 그렇다면 손가락 하나로는 불쏘시개밖에 안 될 텐데."

우리는 할 수 없이 '장을 지지는 것'이 무엇을 어떻게 하는 것인지 확실하게 조사한 뒤, 다음 라운드를 마치고 뒤풀이를 하면서 경한 씨를 처리하기로 했다.

지금은 비행기 사고로 고인이 되었지만, 91년 US오픈 챔피언이었던 페인 스튜어트의 별명은 '필드의 신사'였다. 골프 팬이라면 그의 깨끗한 매너와 독특한 니커보커스(주: 운동용이나 작업용으로 입는 무릎 아래에서 졸라매게 만든 느슨한 반바지)와 차양이 새의 부리처럼 생긴 모자를 기억할 것이다. 그 '필드의 신사'가 옷 벗기 내기를 여성들에게 먼저 제안한 것이다.

1988년, 하큐레스CC에선 루 케미아 클래식 대회에 앞서 6홀짜리 자선경기가 열렸다. 약간 술에 취해있었던 스튜어트는 자신과 함께 라운드 할 세 명의 여성프로에게 주사위를 던졌다.

홀마다 자신의 타수와 여성프로 중에서 가장 좋은 타수를 비교하여 매치플레이를 펼치되, 지는 쪽이 마지막 홀의 그린에서 하의를 벗기로 하자는 것이다. 스튜어트는 자기 앞에서 세 여성이 스커트를 줄줄이 벗을 것을 생각하고 가슴이 마구 뛰었다고 나중에 말했다.

드디어 경기가 시작되었다. 흥분을 가라앉히고 티샷을 날린 스튜어트는 첫 홀에서 이글을 낚으며 한 홀을 앞서 나갔다. 여성들도 니커보커스를 벗은 스튜어트의 모습이 떠올라 웃음이 절로 나왔지만 신중하게 샷을 날렸다. 제2홀에서는 여성 중의 하나가 버디를 잡아서 승부는 원점으로 돌아갔다. 제3홀은 양쪽이 파를 잡아 승부를 가리지 못했고, 제4홀은 여성 팀이 또다시 버디를 기록하여 스튜어트가 뒤지게 되었다. 스튜어트는 5번 홀에서 만회를 노렸지만 파를 잡는데 그쳐

여전히 선취를 빼앗겼고, 제6홀에서도 여성 팀이 버디를 잡는 바람에 스튜어트가 패하게 되었다.

내기는 내기였으므로 '필드의 신사'는 그린 위에서 니커보커스를 벗었다. 바지를 벗고 상의를 끌어내려 팬티를 덮기에 바쁜 스튜어트에게 함께 라운드를 한 여성골퍼가 짓궂은 주문을 하나 더했다. 바지를 벗은 상태에서 기념촬영을 해야 내기의 조건이 충족된다는 것이었다.

"여자들은 물론 많은 갤러리 앞에서 하의를 벗으니 정신이 아득하더군요. 하지만 사나이가 한 약속이니 지켰고, 사진까지 찍었지요. 앞으로 이런 내기를 다시 하면 여자들의 아랫도리를 벗길 자신이 있습니다."

그는 기자들 앞에서 그날의 소감을 그렇게 피력했다. 스튜어트가 벗은 니커보커스는 자선바자회에 출품되어서 1,500달러에 팔렸다고 한다.

스튜어트의 바지 벗기 내기에서 우리는 두 가지 교훈을 얻었다. 여성을 얕잡아보면 큰코다친다는 점과, 신사는 옷을 벗는 망신을 당할지언정 자신이 내뱉은 말에 대해 책임을 진다는 점이다.

나는 국립중앙도서관과 인터넷과 속담연구회 회원들의 도움을 받아서 '장을 지지는 것'이 무엇인지 알아냈다.

‘손가락에 장을 지지다’는 상대편이 실행하고자 하는 어떤 일에 대하여 도저히 이룰 수가 없음을 장담하는 경우에 쓰는 수사 관용구이다. 즉, 자기가 주장하는 바가 틀림없다고 장담하는 경우에 사용하는 문구이다. ‘손가락에 장을 지지다’의 ‘장’은 우리가 먹는 장이 아니라 ‘뜸’을 뜻한다. 뜸을 뜨기 위해 만들어진 쑥 덩어리를 ‘뜸장’이라고 하며, ‘장’은 여기에서 유래했다. ‘뜸장을 지지다’가 줄어서 ‘장을 지지다’가 되었다. 뜸을 떠 본 경험이 있는 사람은 알겠지만, 뜸은 상당히 뜨겁다. 특히 손가락은 감각이 예민해서 뜨거움을 더 많이 느끼기 때문에 손등이나 손바닥이 아닌 손가락에 ‘뜸장을 지진다’함은 인체에 엄청난 고통을 가하는 것을 의미한다.

　나는 지금 뜸장용 쑥덩어리와 비디오카메라를 준비해놓고 경한 씨와 라운드 할 날을 학수고대하고 있다.

어리석은 골퍼들의 험난한 구멍여행

어느 장사꾼이 배 한 척에 새우젓을 가득 싣고 와서 시장에서 죄다 팔았단다. 한몫을 크게 잡은 장사꾼은 좀 놀고 싶은 마음에 색줏집에 들었다. 색줏집의 기생은 장사꾼의 전대가 두둑하다는 사실을 재빨리 눈치를 채고, 돈을 훑어내려고 온갖 수를 다 썼다. 장사꾼은 간이라도 빼줄 듯이 교태를 부리는 기생의 치마폭에 싸여 진시황이나 된 듯이 놀았다. 급기야는 거덜이 났다. 빈털터리가 된 장사꾼은 색줏집에서 쫓겨나가면서 '향심의 밑구녕이 어찌나 깊은지 새우젓 배 한 척이 들어갔는데도 돛대꼭지도 안 보이더라' 했다.

배 한 척이 들어갔는데도 돛대꼭지도 안 보이는 '밑구녕'이 정말 있을까. 있다. 새우젓 배 한 척이 아니라 웬만한 아파트 한 채가 고스란히 가라앉아버리는 구멍도 있다.

우리는 골프경기 중계방송에서, 프로골퍼들이 워터 해저드나 항아리처럼 웅숭깊은 벙커에 공을 빠뜨려서 두세 타를 잃는 바람에 목전에 보이던 우승을 놓치는 애 마르는 경우들을 본다. 그런 물구덩이 모래구덩이 풀구덩이에 때문에, 프로 골퍼의 성적 순위에서는 동그라미가 하나 더해지고, 상금액에서는 동그라미가 두 개는 떨어져 나간다.

남자들이 골프를 왜 하는가. 즐겁기 위해서이다.

골프장에 왜 가는가. 그린 위에 뚫린 작은 구멍에 공을 넣는 희열을 느끼려고 간다.

그렇다면, 골퍼는 오직 목표를 향해서 기쁜 마음으로 돌진해야 하는 것이다. 그러나 골퍼들은 한눈을 팔면서 온갖 구멍을 다 기웃거린다. 잘못 들어갔음을 뜻하는 오입을 한다. 구멍마다 두루 섭렵하고 싶은 것이 골퍼의 심리인가보다.

하긴, 티잉 그라운드에서 페어웨이를 바라보면 골퍼를 유혹하는 구멍들이 곳곳에 아가리를 벌리고 있다.

어떤 동화나 소설에서도 사랑은 역경을 치른 다음에 완성된다. 백 년 동안 잠자는 공주를 구하기 위하여 달려가는 왕자를 가시넝쿨이 막았고, 로미오와 줄리엣의 사랑은 원수진 가문이 장벽을 쳤다.

침착하게 머리를 쓰고 슬기롭게 역경을 피해가야 하련만,

무모하게 정면 돌파를 하려든다. 정면을 돌파하는 공격의 스릴을 즐긴다.

쇠스랑으로 앞 조의 골퍼가 지나간 자국을 겨우 지워놓은 모래구덩이는 물기라고는 전혀 없다. 풀 한포기 자라지 않는 황폐하고 삭막하다. 멀리서보면 좁은 듯해도 가까이 가서보면 넓다. 넓어서 들어가기는 쉬워도 나오기는 만만찮은 구멍이다. 들어가는 연습이 아니라 나오는 연습을 부단히 하지 않으면 쉽게 탈출하지 못한다. 푸석푸석한 밑바닥에 무기가 닿기라도 하면 영락없이 손재수가 난다. 실패도 도약을 위한 발판이라고 믿고 고통을 즐기는 것인가. 그런 모래구덩이 속에서 심리적으로나 물질적으로나 웬만큼 손해를 입었으면 손을 털고 나와야 할 텐데, 왜 한없이 노를 젓고 있는지 모르겠다.

짜장면 한 그릇 값인 공 하나의 투자쯤이야 장사꾼의 새우젓을 가득 실은 배에 비하면 헐하게 치는 것이라고 얍삽하게 머리를 굴리는 골퍼는 워터 해저드도 들러본다. 분명 위험지역이라고 빨강말뚝으로 표시를 했는데도 금단의 열매를 탐하듯이 깊숙이 잠수를 한다. 아니 물구덩이에서 좀 놀다가더라도 기술만 좋으면 손해는 안 볼 뿐만 아니라 이익을 챙길 수도 있다고 믿는다. 프로골퍼 박세리가 US오픈경기에서 호수 둔덕에 걸린 공을 양말을 벗고 발을 물에 담그고 채를 휘둘러서 우승을 한 이후로, 아마추어 골퍼들도 자신도 양말을 벗고 들어가든지 옷을 벗고 들어가든지 물속에 가라앉은 공을 쳐내기만 하면, 점수도 만회를 하고, 멋진 추억거리도 만든다고 믿는다.

결혼을 앞둔 처녀가 내게 상담을 청해왔다. 결혼을 해야 할지 말아야 할지 고민 중이라고 했다. 이유를 물었더니 자기는 약혼자에게 실망했다고 한다. 그래서 그 남자와 결혼을 하고 싶지 않다며 울었다.

인생에 있어서 산전수전 공중전까지 다 겪은 내가 들어본 사연이란 주위에서 비일비재하게 일어나는 삽화일 뿐이었다.

약혼자가 약혼녀 몰래 친구들과 나이트클럽에 갔고 부킹한 여자들과 어느 정도인지는 모르지만, 놀았다.

처녀는 약혼자에게 절교를 선언했다.

"싹싹 빌고 밀고 들어오겠구만."

나는 인생의 섭리를 통달한 노인네처럼 말했다.

"지금 전화로 문자 메시지로 이메일로 선물로도, 빌고는 있어요."

"용서를 해주지 그래."

앙분하여 씩씩거리는 어린 처녀에게 나는 조심스럽게 말했다.

"용서해주면 또 그럴 거예요."

"네 약혼자가 잠시 한눈을 판 거야. '놀이'를 한 것뿐이지. 남자들이란, 스릴이 있는 놀이뿐만 아니라 위험한 모험을 좋아하지. 들어보니, 네게 대한 사랑이 식지도 않았고, 너 아닌 다른 여자를 사랑하고 있지도 않은데, 뭘. 너에 대한 사랑이 식었다면 문제지만. 용서를 구할 때 받아줘라."

"결혼해서 나중에 정말 바람피우면서 제 속 썩이면, 그때 가서 책임지실래요?"

그녀는 내가 마치 놀아난 당사자인 양, 울면서 대들었다.

나는 젊은이들의 결혼에 대한 환상을 깨고 싶은 마음은 없다. 그러나 결혼의 본질에 대해서 바르게 알려줘야 한다고 생각한다.

결혼이란 사랑이 초석이 되어서 이루어지는 계약이기는 하지만, 그 사랑은 절대로 영원토록 머물지는 않는다. 결혼이란, 철옹성처럼 무너지지 않고 적어도 죽는 날까지는 지속될 줄 믿었던 사랑은 세월 따라 물처럼 흘러가버리고, 애초에 맺었던 계약의 막중한 의무만 붙들고 사는 것이다.

"연애와 결혼을 혼동하지 마라. 연애가 주위의 사물은 사라지고 사랑하는 사람의 형상만 홀로그램처럼 둥둥 떠서 마음과 현실의 시야를 가리는 것이라면, 결혼 생활은 그 반대가 되어가는 과정이지."

"정말 그렇다면, 전 결혼 안하고 혼자 살래요."

"완벽한 인간이란 없지. 완벽한 인간을 배우자로 맞으려면 자신 또한 완벽해야 하겠지. 남자뿐만 아니라 여자도 인생의 험한 길을 걷다보면 그 정도의 해찰은 한다. 자의이기도 하고 타의이기도 하고. 인생 경력이 짧아서 시험에 들기도 하고."

나는 그녀에게 어리석은 골퍼들의 험난한 '구멍여행'에 관해서 들려줬다. 그리고 결혼을 앞둔 그녀에게 재차 충고했다.

"향심이 밑구녕에 새우젓 배 한 척을 가라앉힌 장사꾼은 후회막급했단다. OB와 벙커와 워터 해저드를 골고루 섭렵하고 온 골퍼 역시 회지무급했단다. 값비싼 수업료를 냈다고 땅을 치겠지. 네 남자도 역시 깊이 반성하고 다시는 안 그러도록 노력할 거야."

그녀가 얼마나 나의 충언을 가슴깊이 아로새길지는 모르겠다. 나는 그녀의 남자와 모든 남성골퍼에게 충고하고 싶다.

향심이 밑구녕도 물구덩이도 모래구덩이도 다 들어가지 말아야 할 구멍이므로, 후회할 짓 하지 말고, 한눈팔지 말고, 곧장 그린 위의 좁고 예쁜 구멍만 노리라고. 그리고 잘못 들어간 구멍에서 탈출하는 법을 부단히 연습하라고.

조삼모사(朝三暮四)

35살을 3학년 5반, 42살을 4학년 2반이라고 하듯이, 골프 라운드를 할 때 3온에 2퍼트를 하면 3학년 2반 보기, 3온에 3 퍼트를 하면 3학년 3반 더블보기라고 한다. 퍼트 수를 따로 계산하여 스코어 카드에 2+2라거나 4+3 등으로 기록하는 골 퍼도 있다. 200미터가 넘는 드라이버 샷도 1타이고, 2센티미 터의 퍼트도 1타이므로, 퍼트의 중요성을 각인하여 내실을 다 지기 위함이다.

지금은 이력서에도 신상명세를 적는 난이 줄었다. 옛날에 는 골프 동호회에 가입하거나 골프장 회원이 되려면 입회원 서에 기록할 사항들이 많았다. 시시콜콜하게 별의별 것을 다 물었다.

그래서 웃지 못할 일들이 종종 벌어졌었다. '호주'의 이름을 묻는 난에는 '가 본적 없음', '호주와의 관계'에는 '처삼촌의 당숙이 이민을 가서 살고 있음'이라고 괴발개발 써넣은 사람도 있었다고 한다.

영어실력을 시험하려는 영문이력서도 있었다. '성별'을 'sex'라고 적어놓고 칸을 메우라고 했다. 지금까지 살아오는 동안 섹스를 몇 번이나 했느냐는 것인지, 월평균 몇 번이나 하느냐는 것인지, 어떤 체위로 하는지, 주로 어디서 하느냐는 것인지, 밤에만 하느냐는 것인지, 육하원칙에 의해서 언제 어디서 누구와 어떻게 왜 하는지를 이실직고하라는 것이었을까.

나야 뭐, 지극히 사적인 사항이라 밝힐 수 없다고 써넣었다.

'주 3회', '평일에는 선교사 체위, 생일날이나 명절날에는 소녀경을 읽으면서 연습함', '법적 배우자 외에는 2번' 이런 이상야릇한 답과, 'about 2000 times'라고, 영어로 물었으니 영어로 멋들어지게 휘갈긴 사람도 있었다고 한다.

아, 그런데, '조삼모사(朝三暮四)'라고 적어 넣은 여자를 만났다.

중국 송나라 때 저공(狙公)이란 사람이 원숭이를 기르고 있었는데 먹이가 부족하게 되었다. 저공은 원숭이들에게, 내일부터는 아침에는 도토리를 3개 저녁에는 도토리를 4개씩으로 제한하겠다고 했다. 원숭이들은 화를 내며 아침에 3개를 먹고는 배가 고파 못 견딘다고 불평했다. 저공이 아침에 4개를 주고 저녁에 3개를 주겠다고 하자, 원숭이들은 좋아하였다. 조삼모사는, 열자(列子)의 〈황제 편〉에 나오는 이야기로, 결국 조삼모사나 조사모삼(朝四暮三)이나 눈앞에 보이는 차이만 알고 결과가 같음은 모르는 것을 비유하는 말이며, 똑똑한 자가 간사한 꾀로 어리석은 자를 속이고 농락한다는 뜻이다.

그러니까 그녀가 이력서에 써넣은 '조삼모사'는 아침에 3번 저녁에 4번이라는 뜻이겠다. 정말일까 싶어서 넌지시 물어봤다.

"정말이랑께요. 조밭에서 3번, 모텔에서 4번, 조삼모사, 딱 그것밖에 안했지라."

되돌아온 답이 걸작 중의 걸작이었다.

또 하나의 걸작이 있었다. 'sex'가 무엇이냐고 묻는 난에 빨강 펜으로 '18금'이라고 써넣은 소년의 답이다.

"저는 1학년 7반, 17살이에요. 미성년자 입장금지인 영화의 포스터에는 빨간색 글씨로 '18금'이라는 도장이 찍혀 있잖아요. 18살 이하는 접근하지 말라고 어른들이 찍어놓은 도장이라, 저는 성인용 단어에는 접근하지 않아요. 나중에 성인이 되어서 경험 쌓아서 자세하게 밝히겠어요."

대꾸할 말을 잃었다. 나는 1학년 7반이 17살이라는 것은 알았지만, 18금은 금의 함량이 75퍼센트인 합금을 일컫는 줄로만 알았었다.

재호 씨는, 정관수술을 받으면 예비군 훈련을 면제해준다는 소리에 얼씨구나 좋다하고 정관을 묶어버린 대한민국의 용감무쌍한 예비군이다. 그리고 자신이 '씨 없는 수박'이라는 사실을 자랑스럽게 만방에 알리고 다니는, '사나이로 태어나서 할 일도 많은' 골퍼이다.

"제가요. 취재차원에서 무얼 좀 물어보려고요."

그와 같이 골프라운드를 하던 중이었다. 그는 지난번 라운드 때보다 드라이버 샷도 시원치 않고 아이언의 정확도도 떨어지고 그린 근처에서는 더욱 더 헤매고 있었다. 사업이 부진한 것인가, 건강이 안 좋은 것인가. 아니 사업이 바빠서 골프와 좀 멀어져 있었던 쪽으로 너그럽게 봐주기로 했다.

"살살 물어보슈."

"남자가 정관을 묶으면 공도 잘 안 맞고, 정력도 약해지고 성욕도 준다던데요. 맞나요?"

절대로 속된 호기심이 아니다. 나는 연애소설에 천착하는 작가이다. 또 한국판 킨제이 보고서를 써야 하는 역사적 사명을 띠고 이 땅에 태어났다. 골퍼의 골프실력이 늘고, 법적인 배우자나 그 외의 배우자와의 관계도 돈독해질 수 있는 비방을 밝히려고 투철한 작가정신을 발휘하고 있는 중이다. '씨' 없는 남자와 '씨' 있는 남자의 차이점에 대해서도 연구를 하며, 이를 뒷받침할 자료를 수집하는 중이다. 자료는 정확해야 한다. 유언비어나 날조된 루머는 신빙성이 없다. 그러므로 정력이 약해지는지 성욕이 주는지 '씨 없는 수박'으로 만들어준 의사가 아닌, 씨 없는 수박의 배우자가 아닌, 씨 없는 수박을 직접 취재해야 한다.

재호 씨는 한참동안 심각한 고민에 묻히는 듯하더니 드디어 입을 열었다.

"사실은 제가 사나이로서 너무 창피한 일이라 남에게 공개를 못하고 있었습니다. 맞습니다. 맞고요. 수술 받은 다음부터는요, 급격하게 정력이 떨어졌어요. 조삼모사입니다. 아침에 3번 저녁에 4번, 하루에 겨우 일곱 번 밖에 못합니다."

헉, 재호 씨의 능청에 기가 막혀서 숨이 안 쉬어진다. 머릿속이 혼란스러워져서 공도 안 맞는다. 드라이버로 때린 공이 메추라기처럼 땅으로 통통 뛰어간다. 100미터도 안 갔다.

"골프에서 전략과 전술이 중요하다지만, 그래서 각양각색의 심리전이 있다는 것도 알지만, 동반자를 야리꾸리한 상상에 빠뜨리는 황당한 과장은 유쾌한 골프라운드에 상당히 방해가 되는데요."

나는 대충 머릿속을 정돈하고 말했다. 만약에 재호 씨의 말이 사실이라면, 이것은 3대 방송사의 저녁 9시 뉴스와 5대 일간지에 대서특필할 특종이다. 나는 재호 씨네 이불 속 사정을 몰래카메라로 찍고 싶을 지경이었다.

"김 작가가 먼저 질문을 던지고 인터뷰를 시작했어요. 저는 정직하게 답했습니다. 저하고 같이 수술을 받은 친구는 조사모오(朝四暮五)라고 비탄에 빠져있습니다."

점입가경이다. 나는 열었던 말문을 닫고 빗장을 지른다.

"못 믿겠다는 표정이신데, 친구 소개해 드릴 테니 직접 사용해 보시고 다큐멘터리를 쓰세요. 틀림없이 공전의 히트를 칩니다."

나는 재호 씨가 파놓은 오럴해저드에 빠지지 않으려고 귀를 막고 묵묵히 공만 친다. 그러나 묘한 상상에서 쉽게 헤어나지는 못한다. 재호 씨처럼 씨는 수박이 조삼모사라면, 이미 씨 뿌리고 열매를 수확한 이 세상의 모든 남성에게는 '씨 제거'를 강력하게 권해야 한다.

제9홀에서, 나는 간신히 2퍼트로 막아 3학년 2반을 했는데, 재호 씨는 3온에 4퍼트 트리플 보기를 했다. 어쩌면 그렇게도 겨냥을 못하는지, 컵 주위로 공 지나간 자국이 별모양을 그렸다.

"재호 씨, 좀 심했네요. 집안에서는 하루에 일곱 번씩이나 홀인을 하는지 몰라도, 그린에서는 일곱 번 만에야 들어가는군요. 그것도 조삼모사입니까?"

이런 때에 비아냥거려줘야 하지 않겠는가.

오리발과 낙타가 필요하대요

골프는 스코틀랜드에서 양치는 목동들이 재미삼아 두더지 굴이나 여우 굴에 작대기로 돌멩이를 처넣다가 생겨난 운동이라고 한다. 그러니까 대부분의 골프 용어가 영어인 점은 인정해야 한다.

골프란 골프채를 도구로 사용해서 공을 치는 운동이다. 손으로 골프채를 쥐고, 몸통을 꼬아서 팔을 들어 올린 다음, 팔을 휘둘러서 클럽 헤드로 공을 맞추어서 앞으로 날려 보내고, 그린에 공을 올려서, 일반적으로 퍼터라고 부르는 골프채를 사용하여 공을 굴려서 고운 잔디에 파 놓은 홀(hole)에 차례차례 넣어 가는 구기(球技)이다. 모두 18홀을 돌며, 타수(打數)가 가장 적은 사람이 승리하는 운동이다. 그러니까 대부분의 스포츠가 그러하듯이 골프 역시 공용어가 없는 이방인끼리도 더불어 즐길 수가 있다.

학도 씨는 우리말 애호의 차원을 넘어서 편집증세까지 보이는 우리말 고수주의자이다. 골프용어가 영어투성이라는 것은 용서 못하겠다고 한다. 그는 골프용어를 우리말로 대체하는 연구를 한다. 그는 골프라는 명칭 자체를 '십팔구멍에 공넣기'라고 바꿔야 한다고 주장한다.

미국 유학파인 찰스 씨는 미국에서 골프를 배워서인지 골프를 할 때면 영어만 쓴다. 그가 골프라운드에서 영어만을 사용하는 데는 그럴듯한 이유가 있다. 골프용어를 한국말로 번역을 해보려 했지만, 도저히 감당이 안 되더라는 것이다.

나도 처음 골프를 배울 때, 어드레스(address)할 때에는 스탠스(stance)는 어깨넓이로 하고, 인터로킹으로 그립을 쥐고, 30센티 정도를 테이크 백으로 끌어서, 하는 프로의 설명을 들으면서 참 많이도 헷갈렸었다. 어드레스라면 주소, 인사말, 호칭 등의 뜻인데, 도대체 무얼 어쩌라는 것인지 몰랐었다. 어드레스가 이메일의 주소가 아니라, 골프용어로서 타구자세라는 뜻인 줄은 머리를 올리러 맨 처음 골프장에 나갈 즈음에 알게 되었다. OB는 페어웨이 가장자리에 박아놓은 말뚝 밖으로 공이 벗어났음을 일컫는 줄은 알았지만, 말뚝 밖에 OB맥주공장이 있다는 소리인지, 구조조정 당한 OB(Old Boy)를 뜻하는 것인지, 아니면 공이 잘못 날아갔다는 오비(誤飛)인지, OB가 'Out of Bound'의 약자임을 알게 되기까지는 제법 장구한 시간이 소요되었다.

나는 국어순화운동에 앞장서야 할 의무가 있는 한국의 작가이다. 무자비하게 침공해 들어오는 외래어를 여과하고 정화해서 바르게 사용하는데 일익을 담당해야 한다. 그러나 찰스 씨가 영어만 쓰든지, 학도 씨가 엉터리로 번역으로 신조외래어를 탄생시키든지 관여를 안 한다. 아니 못한다. 학도 씨는 한국말 중에서도 지독한 사투리로, 찰스 씨는 영어 중에서도 은어만으로 쓰왈라 쓰왈라 하기 때문에 손을 쓸 도리가 없다.

찰스 씨와 학도 씨의 골프실력은 도토리 키 재기 수준이다. 지난 홀에서는 학도 씨의 도토리가 철수 씨 것보다 조금 컸는가보다.

"철수야, 넌 지난 홀에서 쌍도채비 잡고, 난 도채비 한 마리니까 내가 일등치기 맞지?"

찰스의 한국 호적상의 이름은 철수이다. 좌중을 둘러보고, 뽐내듯이 티잉 그라운드에 오르며 학도 씨가 말했다.

학도 씨는, 파(par)는 파라고 한다. 보기(bogey, bogy)는 도깨비라고 한다. 전라도가 고향인 그는 사투리 발음으로 도채비라고 한다. 더블 보기는 쌍도채비라고 한다.

"롤러 코스터(roller coaster)에 볼링 앨리(Bowling alley)야. 너는 바나나 슬라이스(Banana slice)검법이니까 브래시(brassie)나 스푼(spoon)을 잡는 게 현명하지."

롤라코스터는 어린이 놀이터의 궤도 열차처럼 울퉁불퉁 기복이 심하게 만들어진 홀이고, 볼링 앨리는 티샷을 하는 티잉 그라운드에서 그린까지를 말하는 페어웨이가 볼링 레인처럼 좁은 홀을 말할 것이다. 오른쪽으로 심하게 휘면서 날아가는 공을 미국에서는 바나나 슬라이스라고 하는가보다.

"말 안 혀도 안당께. 으뜸 몽둥이로 치면 바나나 먹는다고? 빗자락이나 숟가락을 잡으라고? 하지만 오늘은 내가 닭장에서 연마한 신종검법을 보여주지. 인검합일(人劍合一)의 단계에서, 수중무검(手中無劍)의 단계를 거쳐, 심중무검(心中無劍)의 단계에까지 도달한 높은 무공을 개봉할 터인즉, 도우미 처자, 으뜸 몽둥이 줘보소."

학도 씨가 캐디를 보고 우렁차게 외쳤다.

"캐디, 칩, 플리스(Caddie, Chief, please). 호스피탈 존(Hospital zone)에서 쌓은 장풍을 구경이나 해보자고."

찰스 씨가 영어로 통역을 한다. 1번 우드를 드라이버라고 부른다는 것을 아는 골퍼는 많아도, 두목의 뜻이 있는 칩이라는 이름이 있는 줄을 아는 사람은 많지 않을 터인데도, 찰스 씨는 칩이라 하고 학도 씨는 으뜸 몽둥이라고 한다. 한국 사람들이 연습장을 닭장이라고 부르듯이, 미국사람들은 망가진 샷을 교정하는 곳을 호스피탈 존이라 부른다.

캐디는 무슨 말을 하는지 몰라 눈만 꿈벅꿈벅 한다.

"캐디, 드라이버 달래요."

그들의 암호교신을 해독하여 캐디에게 전달하는 역은 내가 맡을 수밖에 없다.

일필휘지로 휘갈기듯 일발장타를 때렸건만, 공은 주인의 의지가 아닌 제 의지대로 구름을 뚫고 솟아오른다. 언제나 기대는 빗나가고 우려는 적중하는 것이 골프가 아니던가.

"키키키. 그렇게 높이 뜨는 공을 '엔젤 레이퍼(Angel raper)', 번역하자면, '천사를 강간하는 놈'이라고 하지."

오늘의 하이라이트가 펼쳐지나 해서 숨죽이고 지켜보던 찰스 씨가 자지러진다. 그렇다고 주눅이 들 학도 씨도 아니다.

"미국 상것들은 그런 험악한 말 허는 갑만. 한국의 양반들은, '하느님 궁둥짝에 팔매질하는 분'이라고 고상하게 표현하지. 어디 보자. 떽거우 떠있는 목간통 가생이까지 8번 쐬채 가꼬 넘어갈랑가?"

학도 씨의 목소리는 더욱 패기만만해졌다.

"캐디, 오리가 놀고 있는 연못, 해저드 가장자리까지 몇 미터나 되냐고 물었고요. 8번 아이언 달래요."

내가 다시 캐디에게 토종 한국인의 언어를 풀이한다.

"나 같은 '더크 훅(duck hook: 오리목처럼 휘는 훅)'의 구질로 치면 분명 '인 데저트(in desert: 커다란 벙커에 빠지는 것)' 이겠지. 너 같은 '루프 스핀(loop spin)' 타법은 '에치투오(H_2O)'가 십상이고."

"이 보시게나, 유디티(UDT, Underwater Demolition Team)출신인 나는 수중검법도 익혔으니께, 떡거우 목간통에 빠지면 오리발과 산소통만 있으면 되고, 사막 같은 벙커에 빠진 친구를 위해서는 내가 속눈썹이 없는 낙타라도 한 마리 마련해야 할까보네."

"학도야, 내가 이래 보여도 대한민국의 알오티시(ROTC) 장교 출신인데, 전쟁터에 낙타를 타고 갈 수야 없지. 길게 쳐서 뒤쪽 산을 맞추고 그린으로 돌아오도록, 알오티시, 로테이션 오브 쓰리 쿠션(Rotation Of Three Cushion)으로 돌리는 벽치기가 어떻겠어?"

"캐디, 여기 스킨스쿠버가 잠수할 때 쓰는 산소통하고, 오리발, 그리고 속눈썹이 긴 낙타 한 마리 달래요."

나도 더 이상 그들의 대화내용을 옮기지 못하겠다. 학도 씨는 오리발을 신고 물속으로 들어가겠다고 하고, 철수 씨는 낙타를 타고 벙커사막으로 가겠다고 하니, 필요한 물건이나 챙겨주랄 수밖에 없다.

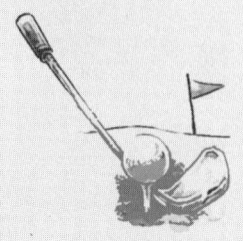

제2장

골프와 섹스가 아니면
나를 깨우지 마라

첫눈, 첫사랑

오늘 공영방송 9시 뉴스에서 앵커가 설악산 대청봉이 첫눈이 내렸다는 소식을 전했다.

첫눈이 내렸다는 뉴스를 들으면, 입가에 웃음이 번지는 일화가 떠오른다.

오래 전부터 우리 친구들은 가을과 겨울을 가르는 경계가 무엇이냐를 두고 진지하게 숙의했었다. 우리네 강산은 봄이 왔는가 싶으면 여름이고 가을인가 싶으면 곧바로 겨울이 와 버린다며 최저기온이 영하이면 겨울이다, 입동이 지나면 겨울이다, 하면서 설왕설래 입방아를 찧었다.

"용평은 골프장 휴장과 동시에 스키장 오픈을 하거덩. 우리 남편이 스키장비 챙기면 겨울이야."

"11월도 봄날처럼 따스하면 겨울이 아냐. 계절이 늦게 온다고 하지. 그럼, 너 대머리의 얼굴과 머리의 경계가 어딘지 알아?"

"그거야 알지. 세수할 때 손이 가는 곳까지가 얼굴이지. 비누로 씻는 부분이 얼굴, 샴푸로 씻는 부분은 머리."

"내가 로컬 룰로 정하는 바, 내가 선술집 목로에 앉아 따끈하게 데운 청주를 처음으로 마시는 날이 겨울의 시작이야."

중구난방으로 분분하게 떠드는 입을 내가 막았다.

"말도 안돼. 넌 아무 때나 청주 마시잖아."

"가을까지는 찬 청주를 마시지. 낙엽도 다 떨어지고 옆구리가 시려지면 나도 모르게 따끈하게 데운 청주를 마시고 싶어지거덩. 그때부터가 겨울이라니까."

또, '첫눈'의 정의를 놓고 왈가왈부했었다. 흰나비가 서너 마리 날아간 듯 땅에 닿기도 전에 녹아버리는 허연 물체가 과연 눈이라고 할 수 있는지, 강남에서는 비를 맞고, 강북에서는 눈을 맞고, 강동에서는 쨍하게 맑은 하늘만 바라보았다면, 그날 눈이 왔다고 할 수 있는지에 대해 토론을 했었다.

첫눈, 그것은 박터지게 싸울만한 가치가 있는 쟁점이었다.

선희는 첫눈이 올 때까지 손톱 끝에 봉숭아물이 남아있으면 첫사랑이 이루어진다는 소문을 믿는 조금은 덜떨어진 애였다. 그래서 해마다 여름 끝자락쯤에 봉숭아물을 들이고, 물들인 손톱이 잘려나갈까봐 눈이 올 때까지 손톱을 깎지 않았다. 눈이 안 오면 꽃피는 춘삼월까지라도 손톱을 안 자르고 길렀다. 춘삼월에 눈을 기다리며, 봉숭아물이 남아있는 손톱을 보호하느라 붕대로 새끼손가락을 처매고 다니는 선희의 손톱을 자르게 하기위해서라도 우리는 결론을 내려야 했다. 우리는 머리를 맞대고 깊이 고뇌한 다음 결론을 얻었다. 국영방송의 저녁 9시 뉴스에서 앵커가, 오늘 서울지방에 첫눈이 내렸습니다, 라고 외치면, 첫눈으로 인정하기로 했다.

골프라운드를 하려면, 규정집에 활자로 못을 박아 둔 정규 룰을 지켜야 하고, 지리적 특수 조건을 고려하여 곤란에 빠진 선수를 구제하기 위하여 특별히 정한 지역적 규칙인 로컬 룰(local rule)도 지켜야 한다. 그리고 골퍼라면 기본으로 지켜야 하는 에티켓이 있다. 일테면 본인이 사망하기 전에는, 티오프 시각 30분 전에 클럽하우스에 도착해야 하는 것 등이다.

골프경기의 모든 룰은 표현이 모호하여 아마추어 골퍼의 입장에서 해석을 하면 이현령비현령이다. 고목나무 밑에 떨어진 공은 건드리면 안 되면서 지지대로 받쳐놓은 묘목 밑으로 굴러 들어간 공은 왜 벌점 없이 꺼내도 되는지, 모래벙커 안의 살모사와는 칼싸움을 벌여도 되면서 앞조의 발자국으로 손상된 모래에 파묻힌 공은 왜 건드리면 안 되는지, 벙커정리를 안하고 가는 버릇없는 앞조의 골퍼 때문에 뒷조의 착한 골퍼가 왜 피해를 입어야만 하는지는 규칙을 만든 독재자만이 그 이유를 알리라.

11월의 마지막 수요일에 골프라운드를 하기로 선희와 약속을 했다. 티오프 시각과 골프장 이름을 알려주고, 늦지 말 것을 당부했다.

"선약이 있으면, 선약이 우선이지?"

그녀가 낙제점수가 뻔한 시험답안지를 제출하는 초등학생처럼 주눅들은 목소리로 말했다.

"무슨 엉뚱한 소리니? 선약이 없으니까 골프약속을 잡은 거 아냐?"

"그럼, 천재지변이 일어나면?"

"천재지변에 어떻게 라운드를 하니? 당연히 취소지."

전화선 저편으로 사라지는 그녀의 목소리는 무언가 할말을 다 못한 듯한 여운을 끌었다.

내가 정한 로컬 룰에 따라 골프라운드를 하면 그녀는 언제나 내기에서 형편없이 깨지는 까먹기 좋은 도시락이기도 했다. 그녀는 공부를 열심히 하다보니 결혼도 못하고 대학교수가 되었고, 더욱 열심히 교수질을 하다보니 골프연습할 시간도 없어서 골프실력은 형편없다.

언젠가, 오늘은 어떤 방법으로 도시락을 맛있게 따먹어주나 요런 궁리 조런 궁리를 하면서 클럽하우스에 도착했더니 엉뚱하게도 그녀 대신 낯선 젊은이가 있었다. 똑똑한 그녀는 골프 에티켓에도 밝아서 골프 약속은 어길 수 없음을 알고 조교를 대신 보낸 것이다.

아, 그런데 11월 마지막 수요일 정오에 그녀는 클럽하우스에 나타나지 않았다. 젊고 똑똑하게 생긴 조교를 대타로 보내지도 않았다. 우리의 로컬 룰에 의하면, 골프약속 펑크는 친구들과 영원한 이별을 의미한다. 우리는 살생부에 그녀의 이름을 붉은 글씨로 올려놓고, 독약으로 암살을 할까, 총잡이를 고용해서 단방에 사살을 할까, 골프장으로 데려와서 낭떠러지에서 굴려버릴까, 를 상의하며 라운드를 마쳤다.

선희에게서 전화가 왔다. 그녀가 전하는 사연은 참으로 눈물이 앞가려 듣지 못할 지경이었다.

그녀는 젊은 날에 첫사랑과 헤어지면서, 10년 후 첫눈이 오는 날 정오에 명동성당에서 만나기로 새끼손가락을 걸고 약속을 했다. 아침녘에 골프채를 차에 싣고 막 집을 출발하는데 첫눈이 내렸고 그녀는 명동성당으로 차머리를 돌렸다.

"천재지변으로 첫눈이 왔고, 첫눈이 오는 날 만나기로 약속을 했으니까, 천재지변일 뿐만 아니라, 누구에게라도 선약이 우선이잖아."

다시 만나자고 새끼손가락 건 첫사랑도 없고, 엄지손가락으로 도장 찍은 두 번째 사랑도 없는 내게, 더욱이 붕대로 손가락 처매고 첫눈 오는 날까지 손톱의 봉숭아물을 사수하려고 노력도 안한 내게, 그녀의 마지막 말은 심금을 울렸다.

죽음을 불사하고 사랑을 따른 그녀에게 축복과 저주가 함께 있을 진저.

형님 먼저 아우 먼저

원희는 중고교 동기 동창이지만 나보다 한 살이 많다. 나는 일곱 살에, 그녀는 여덟 살에 초등학교에 입학했기 때문이다.

어느 날, 원희가 갑자기 뚱딴지같은 제안을 했다.

"니가 한 살이 어리니까 나보고 언니라고 불러라."

월반한 적도 낙제한 적도 없는 동기 동창 사이에서는 있을 수 없는 일이다. 나는 콧방귀를 뀌었다.

"애, 그럼 우리가 시집 먼저 가는 사람이 언니하기로 하자. 남자도 상투를 틀면 어른이고, 댕기머리는 아무리 나이가 들어도 어른 취급을 못 받잖아."

둘 다 혼기에 접어들었을 즈음, 원희가 목발 짚은 귀신이 여울목 건너가는 소리를 했다.

"어쭈구리, 니가 나보다 시집은 먼저 가겠다는 거지? 쪼아!"

그녀는 결혼할 남자를 구해놓고서 나에게 자랑하고 싶어서 에둘러 왔다. 대답은 해놓았지만 자신은 없었다. 그렇지만 원희에게 질 내가 아니다.

나는 그날부터 눈에 불을 켜고 나의 반쪽을 찾아 헤맸다. 헤맸다기보다는 나에게 열렬히 청혼을 하고 있는 수많은 남자 중에서 하나를 얼른 골라잡았다. 허둥지둥 결혼식 날짜를 잡고 전화를 했다.

"얘, 나 결혼식 날 잡았어. 2월 17일이야. 내가 언니야."

"어림없어. 나는 혼인신고 마쳤어. 너 보여주려고 호적등본 떼어놓았어. 결혼식 날짜는 2월 24일이고."

원희의 말은 거짓이 아니었다. 싱가포르에 주재하는 상사원과 나도 모르게 살짝 선을 보고 편지질과 전화질로 정이 깊어져서 결혼 약속을 했다는 것이다.

신접살림을 외국에서 차리려면, 쉽게 말해서 결혼식 올리고 곧바로 신랑과 함께 싱가포르에 가려면, 신부의 싱가포르 입국비자가 필요했다. 비자는 싱가포르 주재 상사원 배우자의 자격으로 받아야 했고, 그러자면 자연히 혼인신고를 통한 호적정리가 결혼식보다 우선이었다.

결혼 축하는 뒷전이고 우리는 서로 언니가 되기 위하여 결혼식이 우선이다, 법적인 호적등재가 우선이다, 로 피 튀기게 싸웠다.

"1차전은 무승부로 치고, 그럼 아이를 먼저 낳는 사람이 언니 하기로 하자."

원희가 제안을 했고 나도 수락했다. 나는 결혼식을 올리기 전부터 아이부터 만들기 위해서 결사적으로 노력했다. 내가 먼저 딸을 낳았다. 6개월 뒤에 원희가 아들을 낳았다.

"졌지? 너 이제 나한테 언니라고 해."

"얘가 뭔 소리 하는 거야. 딸은 대를 이을 수 없으니까 자식으로 안 쳐. 아들 먼저 낳은 내가 언니야."

이러면서 우긴다. 그래서 2차전 역시 무승부로 끝났다.

그리고 세월이 10년도 더 흘렀다.

"우리가 3차전은 골프로 승부를 내는 거야. 삼판양승 어때?"

여태껏도 형과 아우를 가르는 문제를 놓고 턱도 없는 접전을 벌였지만, 이번에도 원희는 희한한 방법으로 판가름을 내자고 덤볐다.

"조옷치! 딴소리 없기다!"

삼판양승으로 붙었다. 원희가 두 판을 이겼지만 타수로 계산을 하면 내가 이겼나.

"얘. 나는 승복 못해. 골프에서 삼판양승이 어디 있니?

LPGA도 타수기록으로 순위를 매기잖아. 3라운드 스트로크 플레이로 해."

내가 항의를 했더니 원희가 순순히 응했다. 내가 두 판을 이기고 타수로는 비겼다.

"이것도 말도 안 돼. 우리가 승부를 내는 방법을 바꿔야 해."

이번에는 원희가 승복을 못한다고 우긴다.

여기에서 잠깐 짚고 넘어갈 사건이 있다.

내 딸인 송희가 원희의 아들인 태우보다 6개월 먼저 출생했으니 분명 누나이다. 그런데도 태우는 죽어도 송희를 누나라고 안 부른다. 같은 학년이라며, 동급생에게 누가 누나라고 부르냐고, 내가 제 어미에게 했던 소리를 한다.

그러나 내 똑똑한 딸은, 오뉴월 하루 빛이 어디냐며 누나라고 부르면 데리고 놀아줄까 말까 생각해보겠다고 한다. 송희는 태우를 비린내 나는 어린애 취급한다.

한때 원희와 나는 사돈을 맺어볼까 하는 가당찮은 상의도 해보았다.

서로 결혼할 즈음에, 내가 먼저 말을 꺼냈었다.

"나는 똑똑한 아들을 낳아야겠어."

"나는 섹시한 딸을 낳을 거야."

"그럼 우리 사돈을 맺자."

낳지도 않은 자식을 내세워서 우리는 똑같이 사돈을 맺자
고 외쳤다. 그래서 우리는 반은 사돈이나 다름이 없었는데,
똑똑한 아들을 낳아야 하는 나는 딸을 낳고, 섹시한 딸을 낳
겠다던 원희는 아들을 낳았다.

아이들이 자라는 모양을 지켜보면서, 내 딸이 며느릿감
으로 성에 차지 않는지 원희는 씨도 안 먹히는 발언을 일삼
았다.

"나는 절대 울 아들보다 연상인 여자는 며느리로 안 맞을
거야."

나도 참을 수가 없었다.

"나도 그래. 내 눈에 흙이 들어가기 전에는 울 딸을 연하의
남자하고는 결혼을 못 시키지. 단 하루가 늦어도 안 돼."

그래서 우리의 사돈 관계는 무참하게 깨어졌다.

사돈 관계는 깨졌지만 우리에게는 일생을 통해서 해결해야
할 난제가 남아있다. 누가 언니인가를 결정짓는 문제이다.

"너는 아들이고 나는 딸이니까 서로 시집장가를 들인 다음
에 너는 아들과 며느리를 데리고 나오고 나는 딸과 사위를 데
리고 나와서 필드에서 다시 삼판양승 붙는 거야."

대를 물려서 가문의 명예를 걸고 누가 형인지 아우인지를
가려야 한다.

"좋아. 이번에는 경기요강과 방법도 확실하게 문서로 만들어서 준수각서를 쓰고 인감증명서 붙여서 공증까지 하자. 근데 안 지키는 사람에 대한 벌을 무엇으로 하지?"

"무엇으로 하기는. 머리카락을 다 뽑아서 가발을 쓰게 만들고, 이빨을 다 뽑아서 틀니를 끼고 다니도록 만들어야지."

원희와 나는 아직 각서를 쓰지 않았다. 우리가 며느리나 사위를 보려면 장구한 세월이 걸릴 테고, 자식들에게 뿐만 아니라 며느리와 사위에게까지 골프를 가르쳐서 필드로 데리고 나오려면 더 요원한 세월이 흘러야 한다.

저절로 머리카락이 빠져버린 머리에 가발을 쓰고, 저절로 빠져버린 치아를 틀니로 재건축한 다음에나 가능하겠다.

나는 원희와 라운드를 하면서 가끔 묻는다.

"울 딸은 연습장에서 똑딱볼은 몇 번 쳐봤다만. 니네 아들 골프하냐?"

"울 아들도 별 흥미가 없어."

그녀의 눈빛을 보니 매를 들어서라도 아들에게 골프를 가르치고 싶은 눈치였다. 나도 역시 그렇다.

"상놈 벼슬은 나이밖에 없다는데, 몇 달 먼저 나온 너한테 언니라고 불러줄까? 근데 말이야. 우리 나이에는 형님 아우가 없단다. 먼저 가서 뗏장 뒤집어쓰고 관 속에 눕는 사람이 형님이란다."

　오랜 친구의 얼굴을 들여다보니, 영락없는 거울 속의 나다. 거의 동시에 결혼도 했고, 거의 동시에 출산도 했다. 우리는 결국 형님 아우를 못 가르고 거의 동시에 죽을 것 같다.

토끼 귀를 가진 여자

어떤 여자가 단골 카페에 가서 커피를 마시면서 날마다 불평을 했다. 오늘의 커피는 어제보다 연하다느니 커피크림이 유통기간이 지난 것 같다느니 덜 뜨겁다느니 향이 진하다느니. 다른 손님들은 최고의 맛이라고 칭찬을 하는데도 그녀는 미세한 부분까지 트집을 잡아 타박을 했다. 그렇게 미각이 섬세한 그녀는 커피를 만드는 회사에 맛을 보는 감별사로 일자리를 얻었다.

미각이 남보다 섬세한 사람도 있겠지만, 내 친구 K는 독특한 청각을 가지고 태어났다.

하늘에는 솜 같은 뭉게구름이 흘러가고 있다. 구름은 전위예술가의 퍼포먼스처럼 천천히 형태를 바꾸며 파란 캔버스를 누비고 있다. 그린에도 한 점 구름의 그림자가 내려와 있다.

"좀 치울 수 없을까?"

나와 다른 동반자들은 진즉에 퍼팅선상에서 멀찍이 피해있던 중이었는데, 공 뒤쪽에 쭈그려 앉아서 그린의 기울기를 눈대중하던 K가 비키라는 손짓을 했다.

"아무것도 치울 게 없는데요."

캐디의 대답에 주위에 방해물이 없음을 안 그녀는 하늘을 올려다보더니 그린을 얼룩덜룩하게 물들이고 있는 구름의 그림자 때문에 신경이 거슬려서 퍼트를 못하겠다고 했다. 구름이 다 지나갈 때까지 지체하면 벌타를 먹느냐고도 물었다.

처음에 그녀는 소음에만 유독 강파르게 굴었었다.

그녀가 티잉 그라운드에 올라서면 동반자들은 숨소리도 내지 말아야 했다. 그녀는 물이 목울대를 타고 내려가는 소리도 거슬려 했고, 장갑을 벗는 소리도 못 참아냈다. 심지어는 새소리마저 그쳐야 공을 쳤다. 오직 완벽한 침묵만을 원했다. 등에도 귀가 하나 더 달린 듯이 까탈을 피웠다.

그녀는 백건우나 정경화나 뉴욕 필하모니의 음악회는 식음을 전폐하고 다 쫓아다니면서 생음악을 연주하는 라이브 카페는 죽어도 안 간다.

"귀가 괴로워서 그래."

음정이나 박자뿐만 아니라 음색도 곱지 않은 소리를 돈 내고 듣고 싶지 않다고 한다.

"차라리 음반 틀어주는 델 가자. 오디오 시설이 잘되어있으면 더 좋고."

남보다 청각이 예민하고 여린 그녀가 세상에서 제일 가지고 싶은 물건은 음질과 음색이 좋은 오디오세트이다.

그녀의 토끼처럼 민감한 귀가 골프라는 운동을 즐기는데 도움이 되거나 방해가 되지는 않을 줄 알았다. 적어도 처음엔 그렇게 생각을 했다. 그녀의 까다로운 귀를 다스리는 일이 그렇게 어려울 줄은 몰랐었다. 워낙 예민하게 동반자를 들볶아서 웬만한 사람은 한 번의 라운드로 그녀와의 골프 인연을 포기했다.

그녀가 골프를 하자고 전화를 해오면 나도 거절을 했었다.

"안 쳐. 너하고 공칠 때면 웃지도 못하고, 옆에서 물도 못 마시잖아."

남들은 그런 심한 말을 못하는 모양이지만 나는 내가 왜 그녀를 피하는지 직접 대고 얘기했다.

"미안해. 그렇게 타고난 걸 어떡하니. 그래서 요즘엔 난 귀마개를 해. 좀 덜 들으려고."

동반자에게 피해를 주지 않으려고 귀마개까지 한다는 데야 받아주지 않을 수가 없었다. 그래서 귀마개를 한 그녀와 동행을 했는데, 청각을 막으니까 시각이 예민하게 열리는 모양이다.

더 심각한 문제는 다음 홀에서 일어났다.

전 홀에서 더블보기를 해서 꼴찌로 티잉 그라운드에 올라간 그녀가 하늘에 대고 손가락질했다.

"저기 하늘에 떠있는 애드벌룬, 저게 바람에 흔들리니까 여기 그림자가 어룽대잖아. 저거 좀 치울 수 없을까?"

(프로골퍼 콜린 몽골메리는 민감한 토끼의 귀와 뒤통수에 눈이 하나 더 달렸다는 평을 듣는다. 1998년 US오픈 기간 동안 그는 올림픽클럽의 3번 티잉 그라운드에서 하늘에 떠있는 메트라이프 비행선을 치워달라고 손짓을 했었다. 비행선의 그림자가 발밑에서 일렁거려서 티샷 하는데 방해가 된다면서.)

부상주의보

골프장에 가기 위해서 만남의 장소에서 친구들을 만났다.

평소에 모자를 잘 쓰지 않는 혜옥이가 베레모를 쓰고 나타났다.

"갑자기 웬 뚜껑? 너 탈모증 있니? 대머리의 혐의가 짙은 사람들이 위장 전법으로 모자를 즐겨 쓰지."

"나 그림 그리잖아. 베레모가 화가들의 트레이드마크가 아니니?"

그녀가 모자를 더 깊게 눌러쓰며 말했다. 뭔가 낌새가 이상했다.

"벗어봐. 나도 한번 써보게. 나도 예술 하는 사람이니까 격식 좀 갖춰보자."

나는 그녀의 베레모를 낚아채듯이 벗겼다. 세상에나. 그녀의 이마에는 주먹만한 혹이 있었다.

"애, 너 서방한테 얻어터졌니?"

세 명의 여자 입에서 일시에 나온 비명이었다.

"기왕에 들킨 거 얘기해봐라. 심심한데 육박전의 무용담이나 듣자."

말은 그렇게 했지만 모두들 심각해지고 걱정스러운 표정으로 옮겨가는 판인데 혜옥의 변명은 전혀 엉뚱한 방향으로 흘렀다.

"지난주에 골프라운드를 갔다가 다쳤어. 공 찾는다고 컴컴한 숲 속에 들어갔다가 튀어나온 나뭇가지에 머리를 오지게 찍혔어. 나는 낮에도 별이 보인다는 사실을 처음 알았어. 그날은 괜찮았는데 다음날 일어나니까 혹이 생겼더라고."

"에이, 못 믿겠어. 실황녹화 중계방송해 봐. 먼저 쳤냐. 치고 맞았냐. 골프채로 칼쌈했어? 아니면 탤런트 누구처럼 야구 방망이로 일방적으로 당한 거야?"

골프장에 도달하려면 한 시간은 더 달려야 했으므로 우리는 전심전력하여 혜옥이를 놀려먹었다.

"아마 나처럼 골프장에서 사고 많이 난 사람은 없을 거야."

혜옥의 말을 듣고 보니 딴은 그렇다. 골프장에서의 부상이라면 그녀는 타의 추종을 불허하는 화려한 전적이 있다.

언젠가 나는 티잉 그라운드에서 티샷을 하려고 서 있다가 비명을 들었다. 돌아보니까 혜옥이 핸드폰을 들고 뒹굴고 있었다. 전화를 받다가 안테나가 귓구멍에 박혔다. 다행히도 고막은 안 찢어졌는데, 다음 홀에서 그녀의 귀로 벌레가 들어갔다. 그녀는 라운드를 중단하고 병원으로 갔다. 병원에서 그녀에게 한 처치는 너무도 간단했다. 의사는 알코올을 적신 솜을 귓구멍 근처에 댔다. 그랬더니 알코올에 마취된 벌레가 귓구멍 안에서 다리를 뻗고 편히 누웠고, 의사는 핀셋으로 잠자는 귓구멍 안의 벌레를 가볍게 끄집어냈다.

"귓불에 향수를 바르셨죠? 들에 나갈 때는 향수를 자제하세요. 꽃인 줄 알고 벌이나 나비 같은 곤충들이 달려드니까요."

의사는 간단명료하게 그녀가 지켜야 할 사항들을 알려주었다. 그 후로 그녀는 골프라운드를 할 때는 향수 대신 알코올을 병에 담아 들고 다녔다. 한 달쯤 후에 그 알코올은 벌레를 마취시키기 위해서가 아니라, 다른 용도로 요긴하게 쓰였다. 혜옥은 클럽하우스의 출입문의 유리가 하도 맑게 닦여 있어서 문이 열린 줄 알고 뛰어나가다가 유리에 코를 박았고, 콧잔등이 깨졌다. 코피를 한 바가지는 쏟았지만, 깨진 콧잔등의 소독에는 알코올만한 의약품이 없었다.

"말 마라. 나는 퍼터 흔들면서 걷다가 퍼터헤드가 복숭아뼈를 때렸어. 아파서 기절할 뻔했어."

"기절? 기절이라면 내 특기 아니니. 카트에 올라타다가 지붕에 머리 찧고 까무러쳤었지. 너 그날 나랑 같이 있었지?"

"카트라면 징그럽다. 전동카트 다니는 길에 서 있다가 카트에 치였었고. 어디 그뿐이냐, 너도 알잖아. 수동카트 타고 달리다가 계곡으로 떨어져서 팔 다치고 부서진 카트 값 물어준 사건."

하도 키득거리면서 떠들다보니 배가 고프다. 배가 고프니까 음식 생각만 난다.

"니들 점심 어떡할래? 클럽하우스에서 비빔밥 먹자."

"싫어, 싫어. 나, 비빔밥 먹다가 숟가락의 양옆이 너무 날카로워서 입 양쪽이 찢어졌었어."

"나는 너 입 찢어지는 거 보고 웃다가 너한테 꼬집혀서 팔에 멍들었고. 그 멍울도 오래가더라. 참 그날 나는 남의 불행을 보고 웃다가 내가 벌 받았어. 나도 그늘집에서 맥주 안주로 나온 멸치를 먹다가 멸치꼬리가 입천장을 찔러서 피가 났어. 입천장에 박힌 멸치꼬리를 손가락으로 빼내느라고 나도 입 찢어질 뻔했지."

골프장에서 가장 흔하게 일어나는 사고는 공에 맞거나 골프채에 맞는 일이다. 뒷조의 공에 맞는 사건도 있고, 다른 골퍼가 휘두르는 골프채의 회전 반경 안에 있다가 골프채 헤드에 얻어맞는 수도 있다.

뱀에 물렸다는 골퍼의 사연은 듣기만 했다.

진위를 확인할 수 없지만, 한 남자가 숲속에 들어가서 방뇨를 하다가 뱀에게 남성기를 물렸는데, 퉁퉁 부어올라서 굵기가 두 배가 되었다고 한다. 다음날 남자의 골프 라운드를 따라 나온 아내가 남편을 숲속으로 밀어 넣으며, 굵기는 그만하면 되었으니 한 번만 더 뱀에게 물려서 길이를 키우라고 했다나 어쨌대나.

골프를 하다가 병을 얻거나 부상을 당한 적은 없는가.

나는 골프로 인하여 건강을 해친 경우를 수도 없이 보았다. 퍼트하다가 심장마비를 일으켜 사망에 이른 경우는 신문의 뉴스거리도 안 된다. 라운드만 하면 혈압이 오른다는 골퍼도 부지기수로 만났다. 공이 안 맞으면 혈압이 오른다. 더구나 나는 안 맞는데 상대는 펄펄 나르면 두 배로 약이 올라 혈압이 탄성 좋은 고무공처럼 튀어오른다.

운동을 하고 나면 대체로 식욕도 왕성해지고 소화력도 좋아진다. 하지만 밥맛이 달아난다는 골퍼도 있다. 내기에서 깨졌기 때문이란다. 돈 잃고 밥맛이 나는 사람은 없을 것이다.

바람이 강하게 부는 날 아이언으로 공을 쳤더니 공이 앞으로 가다가 맞바람에 밀려서 다시 뒤로 방향을 바꾸어서 날아와서 얼굴을 때렸다고, 이마에 어렸을 적에 생겼던 수두 자국을 공의 딤플 자국이라고 우기는 골퍼의 말은 믿지 말기로 하자.

내가 가입해 있던 골프동호회의 시삽은, 커다란 바위를 넘기려고 피칭웨지로 공을 띄우려다가 앞의 바위벽에 맞은 공이 다시 튀어나오면서 그의 눈두덩을 강타했다. 그는 실명할 뻔 했다.

언젠가 일진이 나빴던 경주는 버디퍼트를 성공하고 나서 친구와 흥손치기를 하려고 달려갔는데, 친구가 장난으로 손을 피했다. 뒤쪽의 벙커로 굴러떨어진 경주는 발목을 삐었을 뿐만 아니라, 그날 클럽하우스에서 스테이크를 앞니로 자르려다가 고기와 포크를 함께 씹어서 앞니가 부러졌다.

별명이 카사노바인 학도 씨는, 캐디가 건네주는 채를 받으려고 손을 뻗다가 실수로 캐디의 젖무덤을 만지게 되어서 귀싸대기를 맞았다고 한다. 학도 씨의 행위가 실수인지 고의인지는 내가 알 필요가 없으니까 밝히지 않겠다.

겨울날 연못이 두껍게 얼어있는 줄 알고 얼음 위의 공을 꺼내려고 발을 디뎠다가 얼음이 깨져서 물에 빠진 골퍼도 있다. 영하의 날씨에 나머지 홀을 젖은 발로 돌고 나서 겨우내 동상 때문에 고생했다고 한다.

이 세상 어디에도 사고발생률이 제로인 곳은 없다. 자신의 부주의거나 상대의 부주의로 사고는 일어나게 되어 있다. 하느님이건 부처님이건 마호메트에게든지 열심히 기도하고 착한 일 많이 하고 조심하는 수밖에 달리 도리가 없다.

자알 먹고 자알 살아라

외국인들이 한국말을 배우다가 황당한 경우를 많이 당한다고 한다.

노인네들은 쇳물처럼 뜨거운 욕탕의 물 안에 들어가면서, '어, 시원하다'고 한다. 껍질이 홀랑 벗겨지니까 몸무게가 줄어서 날아갈 듯이 시원하고 가뿐하다는 뜻일까.

외국인들도 그런지 몰라도 우리나라 사람들은 본심과는 다른 말을 한다.

할머니들은 예쁘게 생긴 다른 집 아이를 보면서 칭찬도 넘치면 부정을 탄다는 뜻으로, '고놈 참 밉다'라는 직설적인 반어법을 썼다. 누구나 알다시피 우리의 말 중에서, '자알 한다, 자알 해'는 뭐지라는 뜻이고, '자알 먹고 자알 잘 살아라'는 어디 잘 먹고 잘 사나 내가 끝까지 지켜보겠다는 악담이다.

연극이나 영화에 독백의 장면이 있다. 독백은 다른 배우의 대사나 몸짓이 정지된 상태에서 연기자가 관객을 향해 귓속말을 하듯이 대사를 읊는 것이다. 영화에서도 침묵하는 연기자의 얼굴을 화면에 띄우고 관객에게만 들리도록 대사를 흘려보냄으로써 주인공의 속마음을 전달한다. 유능한 연출자는 배우의 표정이나 몸짓연기로 독백을 대신하게 한다. 영화에서 '당신을 사랑해' 하면서 부유한 노인에게 안기는 젊고 요염한 배우의 몸짓을 보면서, '당신의 돈을 사랑해'를 못 읽는 관객은 없다. 그러나 누구라도 실제로 그런 처지에 처하게 된다면, '당신의 돈을 사랑해'라고 정직하게 말할 수 있을까.

골프에서뿐만 아니라 인생살이에서도 속마음이야 귀싸대기라고 한대 올려주고 싶도록 밉지만 칭찬을 퍼부어 주는 편이 나을 때도 있다. 반에서 꼴찌일 게 분명한 앙금 점수를 받아온 아이의 시험지를 들여다보며, '아이구, 내 새끼 지난번보다는 나아졌구나, 훌륭하다, 다음번엔 더 잘해라'라고 용기를 북돋우어주는 격려가 꿀밤 한대 먹이는 매질보다는 낫다.

그러나 분노를 삭이고 겉으로 흔희작약할 만큼 정신수양이 되어 있는 사람이 많지는 않다. 또한 분노, 시기, 질투, 미움 따위의 심사를 다스리고 칭송과 갈채 일색으로 남을 대하는 사람도 드물다.

골프란 신사의 스포츠라고 한다. 신사란 점잖고 예의 바르며 교양이 있는 남자를 뜻한다. 신사와 상대되는 숙녀는 정숙하고 품위가 있는 여자를 뜻한다. 그러니까 신사와 숙녀는 점잖고 예의 바르며 교양이 있고 정숙하고 품위가 있는 분위기에서 골프라운드를 해야 한다.

그러나 나는 골프를 하면서 숙녀가 아니고 싶은 순간에 종종 접한다. 머리채를 휘어잡아 내동댕이치고 싶고, 후련하게 상스런 욕을 뱉어주고 싶은 때가 수시로 닥친다.

그러나 어쩌랴, 나는 적어도 남의 눈에는 우아한 숙녀로 비쳐져야 하므로, 언제나 격조 높은 대화를 나누며 기품이 있는 골프라운드를 한다.

골프채를 점검하고 장갑을 끼는 친구의 손을 보니 엄지손가락에 반창고를 두르고 있다.

"넌, 정말 연습 열심히 하나 보다. 너를 본받아야 하는데, 난 너무 게을러."

나는 아주 고즈넉한 목소리로 친구를 칭송했다. '돈에 눈이 멀어서 밤새 연습장에서 공만 들고 팼구나, 라운드 전날 손에 물집 잡히게 연습하면 더 안 맞는 법이야, 프로들은 피칭웨지나 살살 다뤄서 몸이나 풀고 나온단다' 라고 튀어나오는 말을 겨우겨우 저지했다.

"아냐. 나 골프채 잡아본 지 오래되었어. 이 손가락의 반창고는 어제 생선가시에 찔린 거야. 나 너희에게 여태껏 받아챙긴 보험금 오늘은 나눠주러 왔어."

친구는 손사래를 치며 말도 안 되는 소리라고 변명한다. 티샷의 순서를 정하는 제비뽑기에서 첫 주자가 된 친구가 티잉 그라운드에 오르면서 수줍은 척 말한다.

"내가 첫 주자가 되다니. 조상의 음덕이다. 오늘, 처음이자 마지막으로 니들 보다 먼저 티잉 그라운드에 오르는 거야."

그러나 듣고 있는 나머지 동반자들은 그녀가 말로는 그렇게 도아하게 굴더라도 속내는, '얘들아, 오늘 허연 수표 좀 챙겨왔니? 하늘의 축복 좀 받아보자' 인 줄 다 안다.

"우린 너의 매너부터 배울게. 골프도 싱글핸디캐퍼 수준이고, 겸손도 싱글핸디캐퍼구나. 내가 첨부터 끝까지 꼴찌 맡았네."

물론 나도 찬사와 겸양으로 가득 찬 품격이 높은 대화를 하지만 속마음은, '네가 지금 겸손을 가장해서 비아냥거리겠단 말이지? 골프는 제비뽑기가 아니란다. 너 오늘 지갑이나 잘 간수 잘해라' 였다.

그녀가 친 공이 공기를 가르며 미사일처럼 튀어 나간다. 사람이 배고픔은 참아도 배 아픔은 못 참는다. 곧고 멀리 날아가는 그녀의 공을 바라보며, '밥만 먹고 공만 쳤냐, 오늘도 니네 애들 점심 저녁은 여기 산꼭대기 골프장에서 핸드폰 때려서 짜장면 시켜줄 작정이지?' 라고 설육(舌肉)의 도끼로 내려찍고 싶은 마음과는 전혀 다르게 '굿샷'을 외친다.

첫 홀에서 그녀가 이겨서 세종대왕님 그림이 이사를 가셨다.

"옴마, 미안해서 어떡하니? 다음 홀까지 15분만 내가 보관할게."

그렇게 말하는 그녀의 얼굴에 쓰인 전언은, '약 오르지? 알뜰하게 모아서 명품 핸드백이나 하나 살까?' 이다. 살살 아파오던 배가 뒤집어진다.

"배울 것이 있는 너에게 수업료 바치는 거야 당연하지."

나는 얼굴에 미소까지 지어 보이지만, '염장이나 지르지 마라, 보관으로는 안 되지, 새끼를 친 것까지 다 받아내야겠다' 라고 그녀의 면전에 대고 입을 다물고 쏘아 붙인다.

"너 스윙교정 받았니? 폼이 골프의 여제 소렌스탐보다 더 멋있어."

입에 발린 거짓말이나 안한다면 밉지나 않겠다. 그녀는 지금, '웃기는구나, 능수버들처럼 축 늘어진 다리로 추는 오징어 춤과 유연하게 돌아가는 허리는 구별을 해야지, 상대방을 추어줘서 자만에 빠뜨리는 것도 상대의 방심을 유도하는 허허실실 위장 전법이야 라고 빈정대고 있다.

"옴마, 너 드라이버 개비했구나. 싱글핸디캐퍼들이 주로 쓰던데. 오늘 싱글 기록하겠네."

위장 전법으로 나간다면 나도 맞불이다. '이 바보야, 또 속았구나, 남자들도 다루기 어렵다는 채를 장사치 말 믿고 바꾸다니, OB 세 개는 날려주겠구나, 너를 오늘의 기쁨조로 임명하노라' 라고 저절로 튀어나오는 환희의 외침을 목구멍 안으로 삼키고 칭찬으로 도배를 한다.

나는 그녀가 신형 드라이버로 때린 공이 OB 말뚝 근처에서 계곡 쪽으로 튀는 것을 똑똑히 보았다. 너무 기분이 좋아서 얼른 큰 나무 뒤로 숨어서 소리를 죽여서 웃었다. 인간에게 만약 꼬리가 달려 있었다면 이런 순간 바람개비처럼 돌았으리라.

"봐. 난 뒷심이 약하잖아. 18홀 안에 숨어있는 자기 핸디가 어디로 달아나겠니? 근데 내 공은 살았을까?"

그녀는 나무 뒤에서 웃고 있는 내게, '나쁜 기집애, 니가 말로 방해만 안 했으면 실수 안 했어, 니가 OB 나라고 푸닥거리한 거야' 라고 구시렁거리며 내게 눈을 흘겼음이 분명하다.

그러나 그녀가 티잉 그라운드에서 우울하게 내려왔을 때, 나는 그녀의 어깨를 토닥이며 최상의 위로를 했다.

"넌 매일 착한 일만 하니까, 하늘이 도와주셔서 OB 아닐 거야. 3분 동안 공을 못 찾으면 분실구로 처리해야 해. 나도 찾는 거 도와줄게."

나는 친절하게 그녀를 따라 페어웨이로 내려서면서, '넌 눈을 액세서리로 달았냐? OB 나는 거 못 봤다는 거짓말이야 안 하겠지, 너 알 깔까봐 내가 다리아파도 따라가는 거야' 라고 중얼거렸다.

"동반자가 좋으니까 퍼터 감도 좋아지네."

5미터도 넘는 퍼팅을 성공시키며 그녀가 적을 찬양했다. 나는, '내숭 떨지 마라, 너 허리에 물파스 뿌려가며 연습한 줄 내가 다 안다, 근데 돈 나가게 생겼네' 라고 생각을 하다가 그녀의 것보다 짧은 퍼트를 놓쳤다. 나머지 홀에서도 그녀와의 심리전에서 내가 패했다.

골프라운드를 하면서 에돌아서 뒤통수를 치는 식의 반어법은 예의를 갖추었기는 하지만, 심리를 교란시키는 방해공작임이 분명하다. 신사나 숙녀가 할 짓이 아니다. 나는 진정한 숙녀가 되고 싶다. 타인의 심리를 교란시키는 짓도 안 하고 싶고, 나도 타인의 방해공작으로부터 초탈하고 싶다.

그런데 왜 안 될까.

첫 라운드에서 100타 깨기

"제가 머리를 올리는 날이 열흘 남았는데요. 그날 100타 이하의 점수를 기록하면 우리 팀장님이 제게 금반지를 선물하기로 했거든요."

팀장이 각서 쓰고 각서에 공증도 하고 주위에 있던 동료가 증인으로 입회를 했다고 K가 자랑했다. K는 20대 미혼의 직장여성인데 두 달 전부터 골프연습장에 다니기 시작했다.

골프 라운드를 열 번만 해 본 사람이라면 팀장이 그녀를 놀리고 있음을 단박에 안다. 팀장의 농간에 휘둘리고 있는 증인은 골프장의 잔디를 한 번도 안 밟아 본 사람임이 분명하다. 아참, 골프채 잡아본 적도 없고, 골프공 만져본 적도 없는 것이 증인의 유일한 흠이라고 했다.

'첫 라운드에서 100타 깨기' 이야기를 들은 어느 싱글핸디캡 골퍼가, 그것은 마라톤 풀코스를 30분에 완주하라는 뜻이라고 했다. 물론 나는 마라톤 풀코스를 30분에 완주했다는 마라토너를 듣지도 보지도 못했다.

그러나 골프라는 운동에 있어서는, 머리 올리는 날 100타 이하의 점수를 낸 사람을 두 사람이나 알고 있다. 물론 내 눈으로 현장은 보지 못했다.

하나는 혜성처럼 나타난 골프계의 기린아, 박세리이다. 또 하나는 검도 유단자이며 지금은 골프칼럼도 쓰는 싱글핸디캐퍼인 A 씨이다. 자신이 첫 라운드에서 100타를 넘지 않은 스코어를 기록했음과 박세리도 마찬가지였다는 사실을 나는 A 씨의 입을 통해 들었다.

박세리가 첫 라운드에서 90대의 타수를 기록했을까, A 씨도 그랬을까, 나는 두 사람의 골프실력을 알고 있지만, 머리 올리던 날의 90대 성적에 대해서는 반신반의한다.

한 달 전에 친구들과 라운드를 했다. 나를 포함한 셋은 늘 어울리는 친구들이었고 나머지 하나는 친구인 초애가 데려온 희자였다.

우리의 내기 방법은 언제나 똑같았다. 경희와 나는 스크래치로 결전하고, 구력도 짧고 사업상 라운드도 자주 하지 못하는 초애에게 경희와 나는 4타의 핸디를 준다.

"희자는 이번에 아마추어 골프 대회에 핸디 25로 참가신청을 했대."

초애가 희자의 실력에 대하여 부연설명을 했다.

"얘, 대회참가 핸디가 25라면, 실제 핸디는 15에서 17 사이일 거야. 싱글스코어 쳐봤냐고 물어봐."

내가 경희의 귀에 대고 가만히 속삭였다. 만약 싱글스코어의 고지를 넘어봤다면 우리가 핸디를 받아야 할 터였다.

"라이프베스트가 몇이에요?"

경희가 조심스럽게 물었다.

"지난달에 무안CC에서 79타 쳤대. 레이디 티에서."

초애가 그녀의 답변을 가로챘다.

"너랑 나랑은 똑같이 84타 쳤지? 79타를 쳤다면, 우리가 2점은 받아야겠다."

우리도 지난여름에 무안CC에 갔다 왔다. 페어웨이는 넓었고 평평했고, 레이디 티에서 그린까지의 거리는 여타 골프장에 비해 짧았다.

"그렇지만 쟤는 이 골프장이 처음이잖아. 니네 둘하고 실력이 비슷해. 스크래치로 내기 해."

경희와 나는 서로 마주보고 고개를 끄덕였다. 골퍼의 핸디캡은 특별한 경우를 제외하고는, 연습량과 골프장의 잔디를 밟아 본 횟수에 정비례함을 우리는 알고 있다. 우리가 홈그라 운드의 이점을 안고 있으므로 희자와는 맞상대를 해야 한다.

라운드 결과는 예상한 대로였다. 희자가 나보다 2타를 앞질렀고, 컨디션이 좋지 않았던 경희가 실력발휘를 못 해서 나보다 2타 뒤졌다.

K는 알까. 세상의 모든 골프지침서를 독파하는 것만으로는, 하느님과 공모하기 전에는, 절대로 두 달의 골프채를 휘두르는 연습만으로는 '첫 라운드에서 100타 깨기'가 불가능하다는 것을.

팀장은 자신이 골프의 선배로서, 대망의 꿈을 품고 골프에 입문하는 K에게 당근과 채찍을 함께 던지고 있다. 그런 줄도 모르는 K는 금반지에 눈이 멀어서 보약 다려먹고 곰국 끓여먹고 피눈물이 나는 연습을 하는 모양이다. 나는 알려주고 싶다. 진짜로 불가능이란 없다는 사실을. 방법이 문제다.

지구상에는 수많은 골프장이 있다. 일반적인 골프장은 18홀이 파72이지만, 파71이나 파70의 난이도가 낮은 골프장도 있고 파74정도의 난이도가 높은 골프장도 있다. 여성과 남성에게 난이도를 다르게 적용하는 골프장도 있다.

나는 파4홀이 6개이고 파3홀이 3개인 9홀의 파가 33인 대중골프장에서 라운드도 해보았다. 파3인 홀이 18개있는 파54

의 골프코스도 밟아봤다. 만일 파54의 골프장에서 첫 라운드를 한다면 90대가 아닌 80대의 기록도 가능할 것이다. 방법은 더 있다.

"홀인원 보험금 한번 탑시다."

어느 날, 나의 골프친구인 L 씨가 말했다.

"돼지꿈이라도 꿨어요?"

"그게 아니라, 실은 내가 홀인원보험을 십 년도 넘게 들어왔단 말이에요. 일 년에 20여만 원씩 200만 원을 넘게 부었는데, 좀 억울하잖소."

"그래서요?"

"쉽게 말해서, 내가 홀인원을 했다고 동반자가 서명을 해서 보험회사에 제출을 하면요."

"말하기는 좀 뭐하지만 우리가 보험사기단이 되자는 뜻이죠?"

"어떤 골퍼에게, 골프채 가방 속의 우드 중에서 가장 맘에 드는 우드가 무엇이냐고 물었더니 연필이라고 대답했다지 않소."

맞다. 스코어의 기록은 연필로 한다. 연필로 쓴 글씨는 수정이 가능하다.

추리소설의 대가 아가사 크리스티가 쓴 『오리엔탈 특급열차의 살인 사건』이라는 추리소설을 보았는가.

달리는 열차 안에서 살인 사건이 발생한다. 죽은 자 이외의 12명이 모두 용의 선상에 오른다. 그러나 그들 모두에게는 알리바이를 증명해줄 증인이 있었다. 결과만 밝히자면, 12명 모두가 살인의 공범이었다. 12명 모두가 바통을 넘기듯이 옆 사람의 알리바이를 위증했다.

캐디와 동반자 모두가 홀인원을 증명해주고, 합심하여 스코어카드의 기록을 조작한다면 '머리 올리는 날에 100타 깨기'는 여반장이다.

남을 속이기는 쉽다. 특히 골프라는 운동은 더욱 그렇다.

골프란 신사의 운동이다. 신사의 기본은 예의와 정직에서 출발한다. 남을 속이는 자는 신사가 아니고 신사가 아니면 골프를 할 수 없다.

아, 한 가지 방법이 더 남았다. 남을 속일 수 있고, 자신마저도 완벽하게 속일 수 있다면, 머리 올리는 날 100타 깨기뿐만 아니라 매 홀에서의 홀인원도 가능하다.

나는 더 깊이 생각에 빠진다. 과연 불가능한 일일까. K에게 충분한 시간이 있다면, 그래서 하루에 3시간 이상, 매일, 1년 동안, 프로의 지도 아래 연습을 한다면 첫 라운드에서 100타 이하의 기록을 낼 수 있을 지도 모르겠다.

또, 내가 지금부터라도 드라이버의 거리를 늘리고 아이언

의 정확도를 살리고 어프로치의 기교를 배우고, 퍼팅의 감각
을 익히는 연습을 그만큼 한다면 1년 후에는 싱글핸디캐퍼가
되지 않을까.

옷 벗고, 고무장화 신고, 배 타고 골프라운드를 하다

골프장의 잔디가 눈앞에서 아른아른하지만, 마감이 코앞으로 닥친 원고 때문에 컴퓨터 화면을 구멍이 뚫리도록 쏘아보며 정신을 집중시키고 있었다.

골퍼들은 골프실력이 형편없는 까닭을 외부에서 찾으려 한다. 글쟁이도 그러하다. 자신의 궁색한 역량과 허약한 재능을 인정하지 않으려 한다. 그래서 마감시각까지 원고를 송고하지 못한 문책에 대항할 빌미를 찾아 헤맨다. 글발이 한창 잘 나가는 도중에 정전이 되어서 반밖에 쓰지 못했다든가, 예고도 없이 시골부모님이 상경해서 시간을 빼앗겼다든가, 사촌이 땅을 사서 복통이 일어나서 병원에 입원을 하는 통에 마감기일을 어길 수밖에 없었다든가.

지현이의 전화가 걸려왔다. 안부를 묻는 척 겉포장을 했지만, 나를 약올려줄 속셈 같았다. 골프라운드를 간단다. 그녀의 속내를 짚어낸 나는 사촌이 강남의 땅을 다 산만큼이나 배가 아팠다.

"다음 달이 개장이라 아직은 경비가 덜 먹히잖아. 간신히 부킹했는데, 너는 이번 주일은 원고 때문에 치질 걸리도록 책상 앞에 앉아있겠다고 해서, 효진이랑 가는 거야."

"백수는 좋겠다. 비나 팍 와라. 천둥번개도 쳐라."

나는 진심으로 비가 오기를 빌었다. 지현이가 나를 버려두고 골프라운드를 하러 가서 위경련이 일어났다는 이유 이외에도 폭우로 지붕이 내려앉아서 도저히 글을 쓸 여건이 안 되었다는, 마감시각을 어기는 피치 못할 구실이 생기기를 기원했다.

내 기도의 힘은 막강했다. 간지러운 가랑비가 누리를 적시더니 급기야는 먹구름 떼가 몰려와서 강낭콩만한 빗방울을 떨어뜨렸다. 그러나 심성이 여린 나는 사랑하는 친구들이 이렇게 크고 매운 빗방울에 얼굴을 맞아서 곰보가 되면 어떡하나 걱정했다.

"쌤통, 깨소금통이다. 니들끼리만 즐기니까 벌을 받은 거야. 반성해라."

지현이가 라운드를 못했던지, 했다고 해도 비를 쫄딱 맞았

음은 의심할 필요도 없었으므로 나는 전화를 걸어 쓸까슬
렀다.

"비 한 방울도 안 맞았고 쳤어. 너 태풍의 눈이라는 거 알
지? 골프장이 태풍의 중심이었나 봐. 바람도 약하고 구름도
적었어."

지현은 천연덕스럽게 능청을 떨었다.

"내가 골프장에 전화해봤지. 그곳 비 오냐고, 거짓말 그
만해."

"우리가 라운드 마치고 들어오니까 하늘이 우르릉 꽝꽝 부
서지기 시작하더라고. 아마 우리 뒷조부터는 좀 많이 젖었을
거야."

하긴 나도 그런 경험이 있다. 전국적으로 비가 내린다는 뉴
스를 들었는데, 나는 맑게 갠 하늘아래서 공을 쳤다. 그러나
나는 그녀의 말을 믿을 수가 없었다. 아마도 그녀는 돌아오는
차안에서 거짓말 연습을 했으리라. 효진이랑 머리를 맞대고
나를 속이기 위한 작전회의를 했을 것이다.

"비 한 방울도 안 맞은 사람이 감기는 왜들었니? 코가 막혀
서 코맹맹이 소리를 하누만."

"나 무지 슬픈 비디오 보는 중이야. 주인공 여자가 암으로
죽어가면서 사랑하는 남자에게 잘 먹고 잘 살고 새로 애인도

사귀라고 유언을 하는 장면이야. 너무 슬퍼서 고장 난 수도꼭지처럼 눈물이 안 잠가지네."

지현이는 기침까지 쿨럭쿨럭 하면서도 끝까지 뻗대었다. 실시간으로 내가 인터넷 검색을 했는데, 경기북부지방은 아침부터 비가 왔고, 시간이 지남에 따라 빗발은 더 거세어졌었다. 분명 그녀는 라운드를 못했다. 했다면 물에 빠진 생쥐가 되어서 돌아왔어야 한다. 공 못치고 공(空)치고 왔다고 하면 필시 내가 뒤집어지게 좋아할 것이므로, 자기네들의 불행을 이실직고해서 나에게 기쁨을 안겨주지는 말자고 짬짜미를 했음이 분명하다.

달포가 지난 후에, 내 일정을 환히 꿰뚫고 있는 지현에게서 연락이 왔다. 날더러 두 달 전부터 잡힌 골프약속을 깨고 은사님의 병문안에 앞장서라고 했다.

"당장에 퇴원 안하신다면 다음날 가자. 급할 거 없잖아."

"언제나 마지막 화요일은 곗날이잖아. 동창 곗날에 골프약속은 왜 하니? 점심 먹고 다 같이 가기로 했어. 골프 땜방은 내가 구해 줄 테니까."

"안 돼. 골프모임은 본인사망이 아니면, 결석하면 죽음이야."

나는 야멸치게 잘랐다.

"호우주의보에, 장마전선 북상이라잖아. 너 벼락이라도 맞아 죽으면, 라운드 때마다 돈 잃어주는 맛있는 도시락이 없어지잖아. 우리는 도시락을 보호할 의무가 있어."

"염려 마. 안 죽을게. 난 빗줄기 사이로 다니는 재주가 있으니까."

"너, 내가 골프장 갈 때 비 오라고 빌었지? 나는 안 빌겠지만 하느님이 다 알아서 심판을 하실 거야."

"하느님의 벼락이 슬라이스인지 훅인지도 알아보고, 정말 3번 아이언은 하느님도 못 맞추는지도 시험하고 올게."

일기예보에서 강수확률이 50퍼센트였기에 나는 먹차게 큰소리를 쳤다. 반반의 강수확률로 골프 약속을 깨는 골퍼는 없다. 나도 강행을 했다. 현장까지 갔다. 옷도 갈아입고 신발도 갈아 신었다. 혹시라도 비가 갤지도 모른다고 멍청하게 기대하며 클럽하우스에 앉아 밥 먹고 커피 마시고 맥주까지 마셨다. 결국 비는 그치지 않았다. 지현의 라운드 불발을 내가 기쁨과 환희로 받아들였던 것처럼, 지현도 장대비를 쏟고 있는 하늘을 바라보며 고소해 하리라는 생각을 했다.

하느님은 공평하신 분이다. 타인의 불행을 바라는 기원을 이루어주신 분이 다른 어린양의 소원이라고 안 들어주시겠는가. 벌이 내릴 줄은 각오하고 있었지만 요렇게 똑같이 당하게 될 줄은 몰랐다.

라운드를 하면 몸이 날듯이 가벼운데, 라운드를 못하면 발목에 쇠사슬이 달린 듯이 몸이 무겁다. 옷도 벗지 않고 소파에 너부러져 있는데 지현에게서 전화가 왔다.

"잘 쳤냐?"

위로를 해준다거나 그냥 모른 척 넘어가면 유유상종하는 내 친구가 아니다. 내 친구는 나의 불행을 확인해야 식성을 푼다.

"물론이지."

"텔레비전 뉴스를 보니까, 골프장 가는 국도가 산사태가 나서 무너졌더만."

"한국 골프장도 고객 서비스가 캡이더라. 국도가 유실되었다면서 헬리콥터 보내주더라. 잠자리비행기 타고 갔지."

외국에는 헬리콥터로 고객을 실어 나르는 골프장도 있다는 기사를 잡지에서 봤기 때문에 그렇게 둘러댔다.

"물주머니 꼴이 되었겠네?"

"우산을 쓰고도 흠뻑 젖을 것 같아서, 우리는 옷 벗고 맨발로 나설 작정이었어. 근데 골프장에서 고무장화를 주었어. 낚시하는 사람들이 신는 가슴까지 올라오는 기다란 장화, 알지?"

나는 내친 김에 믿든지 말든지 끝까지 어깃장을 놓기로 했다.

"페어웨이가 강이 되지 않았든?"

"맞아. 페어웨이가 거대한 강이었어. 그래서 카트 대신 배를 탔지."

"어떤 배? 고무보트? 나룻배? 돛단배? 설마 사람 배를 타지는 않았겠지."

앞뒤가 전혀 맞지 않는 내 말을 들으면서 고개를 갸웃하는 지현의 모습이 아른거린다.

"고무보트를 타고 급류를 따라 래프팅을 했어. 급류에 바람까지 불어주니까 노를 저을 필요도 없었어. 롤링과 피칭이 아우러지면서 배가 나가더라. 낭만도 있었고 운치도 있었고, 아무튼 좋았어."

"더 들어보자꾸나. 골프공은 물에 잠기잖아. 배타고 가다가 잠수해서 공 쳤니?"

"아냐. 물에 뜨는 골프공을 썼어. 일본에 가면 강물 위로 공을 날리는 수상연습장이 있어. 그런 곳에선 구멍이 숭숭 뚫린 물에 뜨는 플라스틱 공을 사용해. 바로 그런 공을 골프장 측에서 준비했더구나. 고맙게도."

"그린 상태는 어땠는데?"

"깃발이 등대처럼 물위로 솟아서 펄럭거리고 있더라고. 이곳이 강이 아니라 골프장임을 알려주는 단 하나의 표지였지."

"홀컵이 안보였는데 어떻게 퍼트를 했니?"

"유감천만으로 퍼트만 못했어. 그린 근처까지만 가면 홀컵 안으로 물이 소용돌이치면서 빨려들더라고. 바다 밑바닥이 갑자기 깊어지면 물이 소용돌이치는 듯이. 우와, 대단한 흡입력이었어."

내가 듣기에도 내 거짓말 솜씨가 탁월하다 못해 신기에 가깝다고 느껴져서 혼자서 감탄을 하고 있는데, 한참을 침묵으로 일관하던 지현이 아까부터 참고 있었던 듯한 말을 내뱉었다.

"어떤 바람둥이가 홍콩을 가려면 침대에서 배를 타고 간다고 하더라. 옷 벗고, 고무장화 신고, 물컹물컹한 배 타고, 대단한 흡입력으로 빨아들이는 홀이라. 모텔 같은 데서 그런 짓 하는 거 아니니? 너 이상한 짓 하다가 오지 않았니? 비도 오는데."

골프와 섹스가 아니면 나를 깨우지 마라

미국의 전 대통령이었던 린든 존슨 기록관에 가면 그의 유품들이 전시되어 있다고 한다. 그중에 재미있는 물건이 있다. 잠을 잘 때 쓰는 눈가리개인데, 그 눈가리개에는 기발한 설명 문구가 붙어 있다.

골프와 섹스가 아니면 나를 깨우지 마라.

(Don't wake me up except golf or sex.)

골프와 섹스가 아니면 어떤 경우라도 잠을 손해 보지 않겠다는 비장한 뜻이 담긴, 유머러스하면서도 나의 흥금을 미묘하게 휘젓는 명문이다.

내가 만약에 남편과 이혼을 한다면, 이혼사유는 나의 늦잠이다.

나는 종종 늦잠을 잔다. 그래서 아들놈은 아침밥을 굶고 등교하는 날이 많다. 물론 나의 불쌍한 남편도 아침밥을 얻어먹지 못하는 날이 많다.

안방에는 자명종시계가 두 개가 있다. 침대 머리맡에 한 개가 있고 나머지 한 개는 침대에서 멀리 떨어진 곳에 있다. 머리맡의 자명종은 가까워서 소리가 잘 들리는 대신 자다가 손만 뻗으면 끌 수가 있다. 다른 한 개를 끄려면 기필코 침대에서 내려와야 한다. 그럼에도 불구하고 나는 두 개의 자명종이 전지가 다 닳아서 못 울릴 때까지 이불을 둘러쓰고 뭉그적뭉그적한다.

"펴엉생, 당신 깨우느라 실랑이하고, 아침밥도 못 얻어먹고 사느니, 우리 이쯤에서 갈라서지."

눈곱만 간신히 떼고 토스트 한 조각을 내미는 내가 남편에게서 자주 듣는 꾸지람이다.

"그럽시다. 아침잠 많다는 이유로 소박맞은 여자가 되죠."

하늘같은 서방님의 지엄한 분부에 나는 언제나 순명한다.

"저 마누라 말하는 것 좀 봐. 앞으로는 일찍 일어나겠다고, 용서는 못 빌망정."

머리를 조아리며 다소곳하게 응대하는데도 남편은 나를 사정없이 째려보며 미워한다.

"지키지도 못할 언약을 했다간, 약속 안 지킨 죄가 하나 더 추가되니까 그냥 이쯤에서 당신의 아내 자리에서 물러나죠. 현모양처 얻어서 애들 데리고 자알 먹고 자알 사세요."

"그러니까 살아보고 결혼을 해야 한다니까. 저렇게 늦잠꾸러기인 줄 알았으면 내가 결혼을 안 했지. 내가 당신한테 청혼한 것은, 일생일대의 탁월한 실수였어."

"일단 개봉하면 반품이 안 되는 것도 모르시나? 당신 골프채 사 봐서 잘 알잖아요. 드라이버 헤드에 씌워놓은 비닐 벗기면 중고품이 되어서 반품이 안 된다는 거."

이렇게 우리부부는 나의 늦잠을 놓고 백 번도 넘게 다투었다.

만수무강하려면 잠자리에서 일어난 날 잠자리에 들라고 한다. 일찍 자고 일찍 일어나라는 뜻이다. 누가 그런 망언을 남발했는지 모르겠지만, 내 짧은 소견으로는, 일찍 자라는 말은 호롱불 켜고 살던 호랑이 담배 먹던 시절에 등잔기름 값 아끼려는 자린고비 애국자가 지어낸 말 같다.

현대는 인터넷으로 세계가 하나로 묶여 돌아가는 시대이다. 밝은 나라의 바이어가 부르면 어두운 나라의 세일즈맨은 자다가도 뛰어나가 지구를 반 바퀴 날아가야 하는 판에, 역사는 밤에 이루어진다는 마당에, 어떻게 자정도 되기 전에 잠자리에 든단 말인가. 자정 전에 잠드는 인간은 현대인이 아니라고 생각한다.

그런 이치에도 안 닿는 이론 이외에도 반박할 무기는 있다.

나는 저녁에 늦게까지 모니터 앞에 앉아서 집필을 한다. 원고 마감일이 임박하면 낮이고 밤이고 가리지 않지만, 대체로 밤에 글을 쓴다. 평균 취침시각은 2시이고 밤을 꼴딱 새는 경우도 허다하다. 슈퍼우먼이 아닌 이상 그렇게 늦게 잠자리에 들면서 새벽에 일어날 수는 없다. 아니, 너무 힘들다.

언젠가는 시간가는 줄 모르고 컴퓨터 앞에 앉아있었다. 겨우 에세이 하나를 마무리 해놓고 기지개를 켰다. 이젠 눈 좀 붙여야겠다 싶어 일어나는데 안방의 문이 열리며 남편이 나왔다. 남편은 새나라의 어른이다. 일찍 자고 일찍 일어나는 대한민국의 모범적인 어른이다.

"아직껏 작업했어?"

"당신은 벌써 깼어?"

남편은 신문을 찾아서 현관으로, 나는 침대를 찾아서 안방으로 들어갔다.

남편은 정말로 나를 소박 맞힐 듯이 으름장을 놓기는 하지만, 그래도 사정을 봐주는 구석은 있다. 내가 열심히 작업한 결과가 나타나면 내게 칭찬도 격려도 아끼지 않는다. 가슴으로는 미워해도 머리로는 이해해 준다.

그러니까 우리는 일찍 자고 일찍 일어나는 새나라의 남자와, 늦게 자고 늦게 일어나는 울트라 새나라의 여자가 삐거덕거리면서도 용케 살아왔다.

그런데 내가 골프에 열을 올리면서는 작업 때문에 늦잠을 잔다는 핑계도 통하지 않게 되어버렸다.

새벽에 골프라운드가 있는 날에는 자명종이 울리면 남편이 깨우지 않아도 어둠 속에서 반짝 눈을 뜬다. 전날 밤에 소풍 짐을 챙기듯이 싸놓은 가방을 들고 도둑처럼 어스름 여명 속으로 뛰어나간다. 식탁 위에는 아침밥으로 진수성찬을 차려놓고서는.

지난 금요일에 친구들과 27홀 라운드 약속이 있었다. 삼성동 친구의 집 앞에서 새벽 5시에 만나기로 약속했다. 장호원에 있는 골프장이고 티오프 시각이 6시 54분이니까 5시에 만나기로 해도 시간이 넉넉하지는 않았다. 4시에 기상한다면 약속시각에 늦을지도 모른다. 목요일 저녁, 밥 챙겨 먹고 설거지하고 골프 보따리를 쌌다. 나는 비현대인(非現代人)이 잠드는 시각에 자리에 누워 잠을 청했다.

분명 자명종의 바늘을 3시 40분에 맞추어 놓았다. 자명종은 기운이 쇠잔해졌는지, 아니면 아침마다 열심히 목청껏 악을 써도 들은 척도 안 하는 주인에게 복수를 하기 위해서인지 흉물을 떨며 침묵하고 있었다. 당연히 나는 행복한 잠에 취해 있었다.

"골프 약속이 있다고 했잖아."

나는 꿈결에서 단잠을 방해하는 남편의 목소리를 들었다. 아주 조용히, 나비의 날갯짓 소리만큼이나 작게, 남편이 내 귓가에서 속삭이고 있었다. 나는 천둥소리보다 더 우렁우렁 귓전을 때리는 '골프'라는 소리에 놀라 불에 덴 듯이 침대에서 뛰어내려왔다.

가끔 일상을 잊고 잠들고 싶은 때가 있다. 아들의 아침 식사도, 원고 마감시각도 다 잊어버리고, '잠자는 숲 속의 공주'처럼 백 년 동안 깨어나지 않고 깊고 달게 자고 싶을 때가 있다. 동화 속에서처럼 잘생긴 왕자님이 키스를 해준다고 해도, 까짓것, 무시하고 내처 자 버리고 싶은 날이 있다.

그러나 까짓것, 골프와 섹스라면 잠 좀 손해 본들 어떠하리.

그녀의 마력

얼마 전 막 텔레비전에서 우승컵을 거머쥔 프로골퍼 필 미켈슨의 인터뷰 장면이 방영했다. 텔레비전 화면을 직시하는 것만으로도 살이 떨릴 만큼 미켈슨은 섹시했다. 깊은 바닷물빛의 눈망울은 마술을 걸 듯 나를 흡입하고 있었다.

"필 미켈슨······. 저 눈빛을 좀 봐."

나와 한 침대를 쓰는 남자가 신음을 물으며 말했다. 내 남자는 절대로 게이(gay)는 아니다. 그렇지만 같은 남성임에도 그의 섹시함은 인정할 수밖에 없나 보다.

"여성용 비아그라야."

그가 묻지 않으면 나도 입을 닫고 있었으련만, 나도 모르는 사이에 감탄이 튀어나왔다. 그렇게 말하는 나를 그는 눈살을 찌푸리고 곱지 않게 흘겨본다. 저속하고도 적나라한 표현을 질책하는 것이다.

남자들이란 텔레비전에 얼굴을 비치는 여자 탤런트의 섹시함에 대해 함부로 평을 한다. 하지만 여자가 남자 탤런트의 섹시함에 대해 한마디라도 언급을 하면 음탕한 여자로 전락시킨다. 아직도 여자는 왜 요조숙녀이어야만 하는지, 시청각을 통한 성적 자극의 반응에 대해 침묵하고 감추어야 하는지 모르겠다.

친구의 집에서 포르노 영화를 보았다. 나는 목구멍으로 침 넘어가는 소리를 옆 친구에게 들키지 않으려고 음료수병에 빨대를 꽂아 쪽쪽 빨면서 관전하다가 입을 반쯤 벌리고 넋을 빼앗긴 듯이 화면을 응시하는 친구의 얼굴을 우연히 보았다. 괴성을 지르며 자지러지는 남녀의 작태를 화면에서 보는 것보다, 친구의 변화무쌍한 얼굴을 보는 것이 훨씬 짜릿했다.

아마도 그래서 그런 버릇이 생기게 되었나 보다. 나는 홈런을 날리는 선수보다 홈런을 구경하는 관객의 표정을 훔쳐본다. 특히 LPGA 골프경기를 관전하기보다 남성 갤러리의 표정을 감상한다.

내 남자가 좋아하는 여성골퍼는, 눈의 나라 스웨덴에서 홀연히 나타난 소녀, 아니카 소렌스탐이다. 소렌스탐이 화면에 나타나면 그는 텔레비전 안으로 풍덩 빠져든다. 화면 속으로 익사한다.

나는 LPGA 골프경기를 텔레비전으로 관전할 필요가 없다. 그의 얼굴을 보면 안다. 소렌스탐이 버디를 낚았는지 더블보기를 범했는지, 그의 미묘하게 변하는 표정을 보고 안다. 순간의 적요에 이어 갤러리의 환호성이 이어지면 그녀가 티샷을 날리는 중이고, 쥐죽은 듯한 침묵의 양은 그녀가 그린에 머무는 시간의 양과 같다.

그는 낮게 감탄사를 뿜어내기도 하고, 허랑한 장탄식도 하고, 들숨도 날숨도 모두 참고서 수술대에서 마취 당한 사람처럼 혼이 유체이탈하기도 한다.

소렌스탐의 드라이버 샷은, 졸고 있는 나비를 잡으려고 살금살금 다가가 포충망을 덮어씌우듯이 날렵하고 가볍다. 그러나 그녀의 드라이버에 맞은 공은 미사일처럼 공기를 찢고 가른다. 결정적인 순간에 내비치는 그녀의 승부욕은 벼린 비수처럼 동반골퍼와 갤러리의 간담을 서늘하게 한다. 그녀의 마력이 내 남자에게 얼마나 치명적인 영향을 미치는지 아무도 모르리라.

검증되지 않은 유언비어에 불과하겠지만, 홀컵의 지름은 여성기가 자극을 받아 가장 커져있을 때의 크기와 같다고 하고 골프공의 지름은 남성기가 최대로 부풀었을 순간의 지름과 맞먹는다고 한다.

티샷은 강하게, 두 번째 샷부터는 갈수록 섬세하게 공격해야 하는 골프경기는 남녀의 연애와 유사한 부분이 많다. 수줍게 그린에 접근하여 홀인을 남겨놓았다 하더라도 그 마지막 공략이 심장마비를 일으킬 정도로 애간장을 녹인다.

박세리의 퍼팅 감각이 놀랍게 예민해졌다. 선머슴 같던 그녀가 여인이 되어가고 있다. 홀컵의 가장자리를 애무하듯 훑고 빨려 들어가는 공을 갈급한 듯이 입술을 혀로 축이며 지켜보는 세리, 이어서 폭죽처럼 터져 나오는 갤러리의 환호가 의미하는 바는 무엇일까.

내가 골프를 시작한데는 여러 가지 이유가 있지만 그 중에서 묵과하고 넘어가서는 안 될 가장 큰 이유는, 섹시해지려고, 이다. 섹스, 그 독약 같은 쾌락의 맛을 나는 알기 때문이다.

골프의 스윙은 몸통을 천천히 꼬았다가 강한 원심력으로 빠르게 풀어주는 동작이다. 몸의 중심이 상하좌우 어느 쪽으로도 치우치지 않은 상태에서 척추를 중심으로 어깨를 깊숙하게 회전시켜야 한다. 그러기 위하여서는 상체만의 회전으로는 부족하다. 팔만으로 어깨를 회전시키는 데는 한계가 있다.

어깨를 회전시키기 위해서는 엉덩이가 회전해야 하며 그보다 더 중요한 것은 허벅다리와 무릎이 반 바퀴는 돌아가야 한다. 백스윙의 톱에 이른 골퍼들의 몸을 앞에서 관측하면, 좌측 엉덩이는 몸의 앞쪽 중심부까지 돌아와 있고 좌측 등의 견갑골은 오른쪽 어깨가 있던 위치로 이동해 있다.

그렇게 몸통을 나사못처럼 돌려주는 비꼬임의 근원지가 바로 허벅다리이다. 두 발은 땅을 지지한 채로 서서 허벅다리 안쪽의 근육을 비틀어서 몸을 나선형으로 꼰다. 그러기 위하여서는 항문의 괄약근을 긴장시켜야 한다.

아마추어와 프로골퍼의 차이가 여기에 있다. 묽게 감았다가 풀어주는 아마추어와, 무릎뼈와 골반이 어긋나도록 진하게 몸통을 꼬았다가 풀어주는 프로골퍼는 다르다. 아마추어가 아무리 천부적인 소질을 가졌다 하더라도, 뼈마디가 유연했던 어린 시절부터 부단하게 비틀어 꼬는 훈련을 했을 뿐만 아니라 지금도 한시라도 클럽을 손에 놓지 않고 단련하는 가냘픈 몸매의 프로골퍼를 따라잡을 수 없는 까닭이 여기에 있다.

얼마나 잘 비틀어 감고 박진감 있게 푸느냐에 따라 클럽헤드가 공을 강타하는 속도가 결정된다. 153센티미터의 키에 55킬로그램의 몸무게를 가진 김미현이 공을 250미터나 날려보내는 까닭이기도 하다.

남자들은 가끔 입술이 두텁고 살집이 많은 여자를 보며 저런 여자는 음기가 강하다, 눈의 흰자위가 푸르도록 희며 눈망울에 기름을 부은 듯이 번들거리는 여자를 보면 '저런 눈의 여자는 남자의 피를 말리는 여자'라는 말을 한다. 여자들이 코가 크고 콧방울에 두둑하게 살집이 붙은 남자를 보고 남성의 심벌이 크리라고 짐작하듯이 말이다.

김미현의 별명이 꿀땅콩이기에, 단지 그녀의 도톰한 입술에서만 섹스어필을 느끼는 남성은 절대로 섹스어필하지 않다.

박지은의 패션 감각은 도발적이다. 일반적인 골프코스는 골퍼들에게 단정한 복장을 요구한다. 상의에는 반드시 깃과 소매가 달려있어야 하며, 허리띠와 모자의 착용을 잊어서는 안 된다. 또한 블루진 같은 작업복을 입거나, 상의와 하의를 모두 흰색으로 통일한 골퍼도 입장을 금한다. 단 프로골퍼는 예외이다. 그들은 모자를 쓰지 않아도 되고 깃과 소매가 없는 옷도 허락된다.

박지은은 의상의 자유를 만끽하는 프로페셔널이다. 박지은이 즐겨 입는 엉덩이와 허벅다리의 실루엣이 드러나는 신축성이 있는 소재의 바지와 배꼽티는 그녀의 농염한 여체를 한껏 뽐내준다. 그녀의 유혹은 암묵적이지만 서슬 푸른 중독성이 있다. 마치 공복에 빨아들인 한모금의 니코틴처럼 아찔한 현기증을 일으킨다.

나는 지금 LPGA 경기의 중계를 관전하는 내 남자의 무릎에 올라앉아 있다. 목에 팔을 두르고 목덜미에 더운 입김을 불어넣으며 두 다리로 그의 허리를 감아 조인다. 그의 체온이 상승하고 샅 언저리가 묵직하게 부풀어 오름을 감지한다. 그는 여전히 텔레비전 화면에서 눈을 떼지 않는다.

중계카메라가 집중 조명하는 우승후보는 암고양이 같은 암내를 풍기는 도티 페퍼이다. 아니 뭉툭한 망치 같지만 폭발적인 샷을 구사하는 로라 데이비스, 플레이보이지 표지모델 1순위로 꼽히는 카렌 코흐, 귀여운 얼굴을 가진 켈리 퀴니, 관능적인 몸매의 크리스 채터, 아마존의 여전사 같은 리셀로테 노이만인지도 모르겠다.

우정의 언덕

지난달 말부터 삼 주도 넘게 골프를 못했다. 매주 내가 골프라운드를 약속한 날에만 비가 왔다.

지지난주에는 제주도까지 갔다가 용두암과 드라마 '올인'의 세트가 세워져 있는 섭지코지 등을 돌고 흑돼지와 생선회만 먹고 왔다. 지난주에도 골프장 클럽하우스에서 하느님께 비 좀 그치게 해달라고 문자메시지도 넣고 주(酒)님을 모셔놓고 주(主)님께 기도도 드렸는데 주님이 안 들어줘서 털레털레 돌아왔다.

날씨가 끄무레하면 옛사랑이 생각나듯, 잔뜩 구겨진 하늘을 바라보다가 우정힐스CC가 떠올랐다. 돌이켜보니 서울로 이사한 지가 5년이나 되었고, 서울 근교의 골프장만 사랑하느라 멀리 떨어진 우정힐스CC는 까맣게 잊고 지냈다. 눈앞에서 멀어지면 마음에서도 멀어지나 보다.

"우정힐스 한번 안 갈래?"

친구에게 전화를 했다.

"거기 좋다며? 근데 비용이 많이 든다던데."

얼른 인터넷으로 검색을 했다. 그린피가 만만치 않았다. 회원의 위임장을 지참해야 라운드가 가능하다고 했다.

"너 안 가봤지? 좀 비싸도 후회는 안 할 거야. 가자."

나는 유혹 반 애원 반으로 친구를 졸랐고 간신히 동반자를 모았다. 회원에게 위임장도 받았다.

나와 우정힐스와의 인연은 좀 애틋하다.

대전에 살 때 내가 주로 다니는 골프장은 유성CC나 대덕연구단지 대중골프장이었다. 남편이 출근하고 아들이 등교하고 나면 얼른 집안을 정돈하고 골프채와 골프화만 챙겨 들고 대덕연구단지 골프장으로 출근을 했다. 매번 한 시간 내에 다른 골퍼들과 조인이 되었고 가볍게 9홀을 돌고 집으로 돌아오고는 했었다.

그러다가 노신사를 한 분 알게 되었다. 그와 골프장에서 얼굴 대하기도 십 수 번, 조인 라운드도 서너 번은 했다. 라운드가 끝나면 차도 한잔 마시게 되었다. 골퍼가 마주 앉아서 나누는 대화의 소재는 언제나 골프다. 그가 자신이 우정힐스의 회원이라고 먼저 말을 꺼냈다.

"부킹 좀 해주세요."

우정힐스에 꼭 한 번 가보고 싶은 원이 강해서, 예의를 따지지도 못했다.

"어렵지 않습니다. 해드리죠."

그가 편안한 얼굴로 수락을 했다. 고향인 전주에 사는 친구들에게 전화를 했다.

"니들, 우정힐스 안 와봤지? 내가 부킹할 테니 올래?"

전주도 이리CC를 제외하고는 가까운 골프장이 없다. 친구들을 불러올리는데 새롭고 예쁜 골프장은 맛있는 미끼였다.

연습도 충분히 했고, 채도 닦았고, 의상 리허설까지 마치고 내일의 출정을 위해 일찍 잠자리에 들려는데, 어느 시인이 읊었듯이 여인의 옷 벗는 소리가 들렸다. 창문을 열고 하늘을 올려다보았다. 하늘이 소복을 벗는 중이었다. 나풀나풀 수천수만 마리의 하얀 나비가 검은 하늘을 뒤덮었다. 눈이 내리고 있었다.

친구들이 변심하여 대오에서 이탈할까봐 확인 전화를 했다.

"눈싸움을 하더라도 현장에서 해야지? 무조건 출발해라."

대전톨게이트에서 전주에서 올라온 친구의 차에 편승을 해서 목천의 우정힐스CC로 향했다.

영화 〈닥터 지바고〉의 눈 덮인 시베리아처럼 세상은 흰색 일색이었다. 클럽하우스까지 올라가는 비탈길에서 자동차는 앞으로 한 바퀴 굴렀다가 뒤고 두 바퀴 미끄러져 내려왔다. 차를 짊어지다시피 해서 골프장에 도착했다.

"휴장입니다. 연락을 드렸는데 댁에서 출발한 뒤더군요."

지배인이 입장객 명단을 확인하며 머리를 조아린다.

"식당도 닫았어요?"

"식사는 안 되고 음료는 가능합니다."

2층의 식당으로 올라갔다. 3면이 유리인 식당은 시원하게 시야가 뚫려 있었다.

어느새 눈은 그쳤고 하늘은 세면한 듯이 맑았다. 일본작가 '가와바타 야스나리'의 소설 『설국』의 '에치고 유자와' 마을이 눈앞에 펼쳐지고 있었다. 바람이 눈밭을 휩쓸고 있었다. 눈가루가 새떼처럼 공중으로 날아오르다가 나뭇가지에 내려 앉는다. 눈 위에서 함부로 튀어 오르는 햇빛이 시리게 눈을 찌른다. 나는 순백의 몽환적인 아름다움에 혼을 뺏기고 있다가, 눈 무게를 못 견딘 나뭇가지가 우지끈 부러져 내리는 소리에 정신을 차렸다. 어디가 페어웨이이고 어디가 러프이고 어디가 그린인지도 알 수 없는 골프장을 내려다보면서 가슴만 쳤다. 분하고 원통하고 억울했다.

"천재지변으로 라운드가 취소되었으니까요. 다음주에 부킹이 안 될까요?"

나는 애절하게 부탁했다.

"죄송합니다. 겨울철 휴장이 12월 1일부터인데 3일 앞당겨서 오늘부터 휴장하기로 했습니다. 내년 3월 개장예정입니다."

그날 나는 영화관이나 야구장에서 난동을 부리는 사람들의 심정을 이해하게 되었다. 나도 식당의 집기를 때려 부수고 페어웨이를 불도저로 밀어버리고 싶었다. 눈도 그쳤는데 공을 못 치게 하다니. 그러나 나는 탁자를 주먹으로 꽝꽝 쳐서 그릇을 엎었을 뿐이고, 냉수를 한 사발 벌컥벌컥 들이켜고 우울하게 집으로 돌아왔다. 눈의 요정들만 사는 '설국'은, 꽃피는 춘삼월이 될 때까지 가슴에 품기로 했다.

겨울이 지났고, 봄도 거의 지나갈 즈음이었다. 어느 날 초새벽에, 따뜻하고 아늑한 새벽의 정적을 깨며 전화벨이 울었다. 나는 홀로 일어나 아침식사를 준비하고 있던 중이었다.

"저, 이 국장입니다. 동도 안 텄는데, 전화 드려서 미안합니다. 일어나셨습니까?"

덜 나간 잠의 꽁지를 밀어내고 전화기를 노려보았다.

"쌀 씻어요. 밥하려고요."

전화선 저쪽에서 짧은 웃음이 들려왔고, 짧은 침묵이 이어졌다. 나를 매우 난처하게 만드는 부탁을 하려는 것 같았다.

"저어, 여기 반포에서 우정힐스를 향해서 출발하는데요. 세 팀을 부킹했는데 사람이 여덟입니다. 대전에서 지금부터 준비하고 출발하신다면……, 저어……, 우정힐스로 오실 수 있습니까?"

나는 우정힐스로 달려갔다. 물론 쌀은 씻어서 전기밥솥에 앉혀놓았다. 가족이 아침밥을 챙겨 먹었는지 어땠는지는 기억이 없다.

우정힐스에서 골프 하자는 유혹에, 밥짓다말고 눈곱만 떼고 달려나간 나의 행태를 놓고 첫 대면을 한 이 국장 네 골프 모임 사람들의 의견이 분분했다. 열렬한 골프사랑에 대해서는 찬사를 했고, 나와 이 국장과의 관계에 대해서는 묘한 눈초리를 쏘았다. 굳이 밝히자면, 이 국장은 동료 소설가이다. 내가 골프에 관한 글을 쓰기 훨씬 전부터 골프잡지에 골프장 탐방기를 연재하고 있는 골프라이터(Golf writer)이기도 하다.

그는 전국을 돌며 골프장의 사장이나 헤드프로와 골프를 즐기고 다녔는데, 그것이 부러워서 죽을 지경인 나는 그에게 비결을 물었다.

"골프에 관한 글을 쓰는 지면을 한 번 뚫어보세요. 지난해에도 한국의 신문사나 잡지의 골프담당기자들을 태국 관광청에서 초청했었죠."

그러니까, 내가 골프를 소재로 한 글을 열심히 쓰고, 내 글을 실어줄 만한 지면을 눈에 불을 켜고 물색하고 다녔던 이유의 뒷면에는 이 극장이 있다.

우여곡절 끝에, 자신의 속살을 내게 보여준 우정힐스는 내 기대를 저버리지 않았다. 클럽하우스의 미술품들도 여전히 단아하게 제자리를 지켰고, 눈에 묻혀 있던 꽃나무들은 만개하여 진한 향기를 뿜었고, 페어웨이의 잔디도 투명하고 푸른 이슬을 달고 있었고, 그린은 잘 간수되어 있었다. 한마디로 홀마다 다양한 골프의 묘미를 맛보게 하며, 골프의 특성인 도전성과 집중력과 스릴을 한꺼번에 만끽할 수 있는 멋진 골프 코스였다.

드디어 기대하고 고대하던 우정힐스CC에 가는 날이 왔다.

조상의 묘를 잘 못 쓴 것인지 새벽부터 비가 내린다. 일기예보 방송에서는 수도권은 오전 일찍 개고, 충청권은 오후 늦게나 갠다고 한다. 그러나 라운드를 할 것인가 말 것인가는 클럽하우스에서 결정한다는 불문율에 따라서 우리의 혈맹 동지들은 용감무쌍하게 출발했다.

고속도로가 새벽녘의 안개가 자욱한 바다 같다. 자동차는 안개의 바다에서 표류한다. 구원의 푸른 섬은 보이지 않는다.

친구들의 악머구리 같은 원망이 나에게 퍼부어진다. 그냥 가까운 수도권 골프장에 부킹을 했으면 청명한 날씨에 공을 칠 텐데 멀리 가자고 생난리를 피운 내가 대역죄인이란다.

끊임없이 빗물을 쓸어내는 와이퍼의 날갯짓이, 못된 죄를 지어 산꼭대기로 바위를 밀어 올리는 시시포스의 형벌 같다는 생각을 하며, 나는 내가 지은 죄를 더듬어본다. 하루살이라도 함부로 죽이지 않았는가, 남의 돈 빌려서 갚지 않았는가, 있는 줄 알고 달라는 물건을 감춰두고 주지 않았는가, 다각도에서 심도 있게 내가 지은 죄를 짚어본다. 우정힐스를 잊고 살았던 것도 죄인가. 낱낱이 죄를 찾다보니 켕기는 구석이 없지도 않아서 침 먹은 지네처럼 날 잡아 잡수라고 등받이에 몸을 묻고 눈을 감고 원수들의 합창을 듣고 있었다.

역시 하느님은 무심하시지 않았다. 옛 애인을 다시 찾아온 길 잃은 어린양을 가엾이 여기시었다. 천안 나들목을 통과하면서부터 채찍비가 작달비가 되더니 보슬비가 된다. 우정힐스CC의 안내표지판이 세워진 지점을 통과하는데 이슬비가 안개비로 다시 는개로 변한다.

아아, 우정의 언덕이여.

제3장

골프친구를 잃었을 때,
우리의 인생도 최후의 날이 오리라

전가(傳家)의 보도(寶刀)

동호회 모임에서 재식 씨와 같은 조로 편성되었음을 알았을 때, 나는 드디어 결전의 날이 왔음을 깨달았다. 솔직히 나는 그와의 라운드가 달갑지 않다. 내가 골프라운드를 하는 것인지 회초리 든 훈장님 앞에서 한문공부를 하는 것인지 알 수 없기 때문이다. 그는 활용할 줄 아는 한자의 양으로 지식의 척도를 재는 사람이다. 어렸을 적에 서당에 다니면서 사서삼경(四書三經)을 익혔다는 재식 씨는 고사성어(故事成語)를 전가(傳家)의 보도(寶刀)처럼 휘두르며 나의 무식함을 흉보고는 했다.

나는 며칠 밤을 새면서 그를 골탕 먹일 궁리를 했고, 책과 인터넷을 뒤져서 자료를 모았다. 두고 보자.

"김 작가의 화용월태(花容月態)를 뵈오니 감개무량(感慨無量)이로소이다."

클럽하우스에서 마주친 그는 반죽도 좋게 너스레를 떨었다.

"지난번엔 경국지색(傾國之色)이라더니 한 단계 다운 그레이드(down grade)되었네요."

나를 놀리는 소리인줄은 알지만, 그래도 속는 척이라도 해주어야 할 텐데. 내 입은 참 방정맞기도 하다.

"김 작가에게 초전박살이 난 뒤로 얼마나 절치부심(切齒腐心)했는지 아십니까."

그가 손가락 마디를 우두둑 꺾으며 그렇게 말하는 양을 들으니, 지난번 내기에서 내가 그의 지갑을 훌쭉하게 해줬다는 사실이 떠올랐다 3년 전의 일이다. 그는 3년 동안 동호회 모임에 나타나지 않고 있었던 것이다.

"삼년불비 우불명(三年不飛又不鳴; 3년동안 날지도 않고 울지도 않는다는 뜻으로, 훗날 웅비(雄飛)할 기회를 기다리고 있음을 이르는 말)이기에, 중국으로 이민이라도 가셨나 했더니 와신상담(臥薪嘗膽)하며 절차탁마(切磋琢磨)하셨나보군요. 자아, 티잉 그라운드에 오르소서. 일취월장(日就月將)한 실력을 보여주소서."

나는 지난일은 다 잊었다는 듯, 엊저녁에 열심히 외워둔 한문 보따리를 끌렀다.

"아니, 김 작가. 언제 그렇게 유식해졌습니까?"

그가 아이언 채 두 개를 들고 연습스윙을 하다가 깜짝 놀라서 멈춘다.

"삼국시대(三國時代) 초엽, 오왕(吳王) 손권(孫權)의 신하 장수에 여몽(呂蒙)이 있었지요. 여몽 가라사대, 무릇 선비란 헤어진 지 사흘이 지나서 다시 만났을 땐 괄목상대(刮目相對: 눈을 비비고 대면함)할 정도로 달라져야 한다고 했습니다."

엊저녁에 열심히 외워둔 문장이 제법 풀린다. 그가 회심의 미소를 짓는 나를 째려본 후에 티잉 그라운드에 오른다.

"그럼 일발 장타를 날려보겠습니다."

그가 힘껏 드라이버를 휘두른다. 정말 연마장양(鍊磨長養: 갈고 닦아 오랜 세월 동안 준비를 함)하였나 보다. 공은 구름에 닿으려는 듯이 푸른 하늘로 비상한다. 갑자기 겁이 난다. 오늘 죽었구나.

주눅이 들어 치는 공이 잘 맞았던 적은 없다. 심호흡을 하고 내공을 높였는데도 공이 오른쪽으로 날아간다. 카트가 다니는 길에 맞는 소리가 들린다. 첫 홀부터 OB구나. 혈압이 오르는지 뒷목이 뻣뻣하다.

"호오, 김 작가지구(金 作家之球)는 오리무중(五里霧中) 같소이다."

'구찌겐세이'를 영어로는 '오럴해저드'라고 한다. 그러나 우리말로나 한자로나 뭐라 해야 옳은지 모르겠다.

"재식 씨. 오리무중이란 오리가 무밭에 들어가서 안 보인다는 오리무중한 뜻이라던데요. 맞습니까."

재식 씨의 특기가 한자로 지어내는 사자성어라면, 내 특기는 되는 말, 안 되는 말, 거짓말, 참말, 암말, 수말, 다 만들어내는 것이다.

"누가 그런 황당무계(荒唐無稽)한 풀이를 합디까?"

"글씨요. 황당무계란 노란 당근이 무겁다는 심오한 철학인가요?"

나의 무식을 비난하는 소리는 그만 들으려고, 아니 어쩌면 살아있을지도 모를 내공을 찾아서 페어웨이로 뛰어나왔다.

엊저녁에 한문 공부를 하느라고 눈에 불을 켰다. 지금은 OB 말뚝 밖으로 달아났을지도 모를 공을 찾느라고 눈에 불을 켠다. 그러나 울창한 숲 속을 암중모색(暗中摸索)해봐도 헛일이었다. 돈 나갈 걱정에 가슴이 쓰려 왔다.

"사모님, 공 여기 있어요. 카트 길 맞고 굴러 내려왔어요."

OB티에서 우울한 심사로 제4타를 치려는데 캐디의 외침이 들려온다.

"운칠기삼(運七氣三)이 아니라 운구기일(運九氣一)이네요."

재식 씨가 썩은 밤을 씹은 표정으로 나를 씹는다.

공은 그린 근처의 페어웨이에 있었다. 카트 길을 따라 공이 구른 덕분에 나는 티잉 그라운드에서 공을 290미터나 보낸 것이다. 미운 재식 씨를 혼내주라는 천우신조(天佑神助)이다. 샌드웨지로 그린에 올려 한 번의 퍼트로 마무리를 했다. 황홀한 첫 홀의 버디이다.

"인간만사(人間萬事) 새옹지마(塞翁之馬)라고. 길흉화복(吉凶禍福)은 예측불허(豫測不許)가 아닙니까."

다음 홀에서 쿼드러플 보기를 할지라도, 이런 횡재가 어디가 있겠나 싶어 덩실덩실 춤이라도 추고 싶다.

다음 홀로 이어진 오솔길을 걸어가면서 시멘트를 통렬하게 강타한 공을 살펴보니 껍질이 벗겨져 있다. 표면에 흠집이 난 공은 방향성도 안 좋을 뿐만 아니라 거리도 안 난다. 나는 새 공을 꺼낸다.

"보지를 청결하게 하십시오."

분명 재식 씨의 목소리였다. 나는 그런 상스러운 소리가 재식 씨의 입에서 흘러나왔다고는 믿을 수가 없어서 주위를 두리번거렸다. 소슬한 바람이 불고 있었고 발밑에는 공이 들어 있던 상자가 떨어져 있었다.

"보지청결(步地淸潔)하라구요. 걸어 다니는 길에 함부로 쓰레기를 버리지 말라는 표어입니다. 중국에 가면 버스 안에도 써서 붙여놓았고, 길에도 그렇게 쓰여 있습니다."

나는 볼이 벌겋게 달아오르는데, 그는 낯빛도 안 바꾸고 그런 이상한 한자의 훈(訓)을 푼다.

파5의 제2홀은, 페어웨이는 S 자 모양이며 벙커가 13개나 된다. 티잉 그라운드에서 180미터지점에 버티고 있는 소나무까지만 공을 보내는 것이 가장 바람직하다. 공을 230미터 이상 곧게 날린다면 S 자의 오른쪽 엉덩이를 뚫고 숲으로 들어가고 만다.

"저는 이 홀에 '구절양장(九折羊腸)'이라는 이름을 붙여줬죠. 페어웨이의 소나무는 과유불급(過猶不及)의 금도(襟度)를 가르쳐주는 교시목(敎示木)이죠. 욕심이 과하면 만수래공수거(滿手來空手去)입니다."

과연 재식 씨다운 발언이다. 나 같으면 '모래로 가득 찬 곱창' 같은 아름다운 이름을 붙일 텐데……

"만수……. 어쩌고저쩌고는 수레에 공을 가득 채워서 수거한다는 뜻입니까? 아니면 좌우간 저는 아직 만수레가 아닙니다. 제 수레에 돈이 차려면 멀었습니다."

나는 호주머니에 찔러 넣은 지폐를 헤아리며 오만하게 말한다.

내게는 징크스가 있다. 첫 홀에서 버디를 하고, 기록이 좋았던 적이 없었다. 첫 홀에서 파를 해도 그날의 기록은 엉망이었다.

기대는 빗나가고 우려는 적중한다던가. 심혈을 기울인 티 샷의 공이 탄성이 절로 나올 만큼 잘 맞았다. 그런데 이게 무슨 해괴망측(駭怪罔測)한 경우란 말인가. 페어웨이 한가운데로 날아간 공이 소나무 밑동에 걸렸다. 1벌타를 먹고 뒤쪽으로 드롭을 하든지 옆으로 쳐내야하는 진퇴양난(進退兩難)에 빠져 버렸다.

"신출귀몰(神出鬼沒)하는 재주를 지녔다고 해도 좀 어렵겠는데요."

내 공이 놓인 위치를 확인하고 지나가는 그의 얼굴에서는 기쁨의 미소가 철철 흐르고 있다. 배고픈 사람이 진수성찬을 대했을 때의 미소이다.

"사석위호(射石爲虎: 성심을 다하면 아니 될 일도 이룰 수 있다는 것. 돌을 범인 줄 알고 쏘았더니 화살이 꽂혔다는 말)라고 했습니다."

말은 그렇게 했지만 자신이 없다.

"짧게 잡고요. 헤드업 하지 말고요. 팔로만 톡 쳐내세요."

고심하는 내게 캐디가 3번 아이언을 건네준다. 공을 낮게 굴려서 빼내라 한다. 정성을 다하면 행운의 여신이 미소를 지어주리라. 그러나 간신히 빼낸 공은 벙커에 묻힌다. 제5타에 그린에 올리고 세 번의 퍼터 질을 했다. 결국 첫 홀에서 수금

한 돈을 다 강탈당하고 만다.

제8홀은 일망무제(一望無際: 넓어서 바라봄에 끝이 없음)의 잔디밭이다.

파릇파릇 새순이 돋던 때가 엊그제 같은데 어느새 꽃은 지고 나뭇잎은 단풍이 들어 있다. 인생무상(人生無常)이라던데, 꼭 이렇게 사납게 피 튀기는 전투를 치러가며 골프를 해야만 하나. 골프는 향유해야 한다. 전투는 운동이 아니라 노동이자 고역이다.

"피차에 이해득실(利害得失)이 없는데요. 여기서 내기는 접고, 유유자적(悠悠自適)하게 골프를 즐깁시다."

나는 갑자기 서글픈 생각이 들어 재식 씨에게 말한다.

"안됩니다. 저는 김 작가에게 맡겨둔 예금을 인출해야겠는데요. 잔고에 이자도 제법 붙었을 것입니다."

재식 씨는 전생에 나하고 무슨 원수를 졌을까. 왜 이렇게 사생결단(死生決斷)하고 덤비는지 모르겠다.

"그러면. 걸어 다니는 옥편, 한문 박사님께 제가 한 수 가르침을 받잡고자 일문일답(一問一答) 놀이를 청해도 되겠습니까?"

나도 쓰러진 전의를 일으켜 세운다. 그러나 골프가 아닌 다른 길로 에둘러 가기로 한다.

"좋으실 대로."

재식 씨는 끝까지 내가 못마땅한가보다. 말하는 본새가 곱지 않다.

"나무가 하나 있으면 나무 '목(木)' 이겠죠. 두 개가 나란히 서면 수풀 '림(林)' 입니다. 셋이면 삼림 '삼(森)' 입니다. 넷이면 무엇일까요?"

"어린애 장난합니까? 자신하건대 그런 한자는 옥편에 없습니다."

"물론 없습니다. 그러나 한자와 같은 상형문자란 물체의 모양을 본뜬 그림에서 성립되었지 않습니까. 그런 견지에서 나무 목 자가 넷이면 정글 '정' 이랍니다."

재식 씨가 기가 막힌 지 헛웃음을 피식피식 뿌린다.

"더 해보죠. 아주 쉬워요. 나무가 네모 안에 갇히면요?"

"그거야 가난할 '곤(困)' 이죠."

"맞출 줄 알았어요. 다시 묻습니다. 나무 옆에 나를 '비(飛)' 자가 붙으면요?"

"그런 글자는 없습니다."

"나무가 도끼에 맞아서 날아다닌다는 뜻의 나무 나를 '픽' 입니다.

"김 작가, 정말 이 세상에 없는 글자로 장난할 거여요?"

"마지막으로 하나만 더 합시다. 맞추면 제가 사부님으로 모시죠."

나는 드디어 비장의 무기를 빼든다.

"일구이언(一口二言)은 뭔 줄 아시죠?"

재식 씨가 못을 박듯이 비장하게 단언한다.

"아무려면 제가 그걸 모르겠습니까. 이부지자입니다. 자,
그럼, 나무 목 자와 눈 목 자가 붙으면요?"

"김 작가, 나무 목(木)하고 눈 목(目)하고 무슨 상관이 있다고
붙습니까?"

그가 대성일갈(大聲一喝)한다. 정말 무식한 여자 다 보았다는
듯이 깔본다.

"언젠가 어로불변(魚魯不辨; '魚' 자와 '魯' 자를 분별하지 못함. 매
우 무식함을 뜻함)이라고 나를 조롱했었죠? 그러는 재식 씨는 초
등학생도 다 아는 서로 '상(相)' 자도 모르다니. 정말 상종 못하
겠군요."

언어도단(言語道斷)이라는 듯, 말문이 막혀 입을 반쯤 벌리고
멍하니 나를 바라보고만 있는 재식 씨에게 나는 앙칼지게 쏘
아준다.

낙장불입에 연사금지 그리고 독박

나는 고스톱을 안 한다. 안 하는 이유는 단 하나뿐이다. 화투장을 붙들고 있는 시간과 잃는 돈의 양이 비례하기 때문이다. 적자의 확률이 90퍼센트인 사업을 붙들고 있는 바보는 없다. 또, 무릎 아프고, 돈 잃고, 머리 나쁘다는 소리를 들으면서 희희낙락거릴 수는 없다.

그래도 가끔은 고스톱을 친다. 피하지 못해서 친다.

태종이는 나와 초등학교 동창생이다. 초등학교 동창회에서 재회를 했다. 고향친구들끼리 친목 계(契)를 하는데 한몫 들라고 해서 그러마고 대답했다. 나중에야 골프장에서 하는 계임을 알았다.

첫 출범의 날이었다. 가는 날이 장날이라고, 땅따먹기랑 막자치기 하던 고향친구와 머리털 나고 처음으로 골프라운드

한번 하려 했더니 하늘도 무심하게 푸닥거리를 한다. 그러나 천둥과 번개와 태풍이 몰아쳤음에도 약속시각 30분 전에 클럽하우스에서 계꾼들을 만났다. 계의 식순에 의하여 하느님께 비를 멈추어 주십사 하고 클럽하우스에서 한 시간 동안 기도를 했다. 태종이도 하느님하고 유대관계가 돈독하지는 않은지, 시간이 갈수록 비가 멈추기는 고사하고 더 그악스럽게 퍼부었다.

"오늘은 도저히 안되겠응게, 어디 가서 닭이나 잡읍시다."

만장일치로 동의한 계꾼들은 닭을 잡으러 갔다. 탱자나무 울타리를 두른, 처마에서 낙숫물이 가야금 가락처럼 떨어지는 한옥으로 태종이가 우리를 안내했다. 순 재래식으로, 토종 씨암탉을 잡아 더운물을 끼얹어서 털 뽑고 장작불에 푸욱 삶아서 손님을 접대하는 집이라 했다. 인심 후하게 생긴 주인아주머니가 닭 모가지를 비틀면서, 싸게싸게 상을 볼 테니 두어 점만 기다리라고 했다. 잔디를 밟으며 두 시간이라면 시간가는 줄도 모르겠지만, 닭 삶는 데 두 시간은 좀 너무하다 싶지만 별 도리가 없었다.

"닭 기다리는 동안 새나 좀 잡아야 쓰지 않컷소?"

"새라니요?"

순진한 나는 새라면 참새나 메추리나 꿩 같은 살아있는 새를 이야기하는 줄만 알았지, 화투짝에 그려진 새인 줄은 몰랐다.

"허이, 앙 그러게 생긴 사람이 내숭은……."

태종이는 내 어깨를 툭 치고 나서, 방 한쪽 구석에 얌전하게 접혀서 놓인 군용담요를 폈다. 수많은 전사들이 뒹굴고 간, 올이 빠지고 귀퉁이가 해진 담요가 방바닥에 깔렸다.

털 뽑혀서 벌거벗은 닭이 부끄러운 줄도 모르고 다리를 벌렁 쳐들고 상 위에 누울 때까지 정확하게 1시간 30분 만에, 나는 그날 준비해간 곗돈을 생(生)잔디가 아닌 담요 위에서 날렸다.

초등학교 다닐 적에 적어도 내가 태종이보다는 공부를 잘했다. 내가 잘 하지는 않았고, 그저 중간이나 했고, 태종이의 성적이 앙금이었다.

"끝까지 까도 까도 안 나오면 다들 한 장씩 손에 쥐고 있다고 짐작해야지, 그렇코롬 머리가 안 돌아?"

초등학교 다닐 적에 공부 못한다고 받았던 멸시에 앙갚음을 하려는지 태종이는 쉬지 않고 내 머리를 탓했다.

"광값 받고 빠져야 하는 패를 가지고 덤비니까 당근 피바가 지지."

나도 광값만 챙기고 빠지고 싶었는데, 연사금지(連死禁止)라고 해서 울며겨자먹기로 붙었다가 들은 꾸지람이다.

"홍싸리 싼 것을 먹지 말고 돌렸어야 크게 났지."

모처럼 지전 몇 장이 들어온다 싶어서 벌린 입을 다물지 못하면, 공연히 초를 쳐서 망신을 주었다.

"중간에서 목단 모가지를 톡 자르니까 청단이 내려가서, 경수가 크게 낫잖아."

경수가 청단에 고도리까지 해서 크게 한판 먹으니까 태종이는 자기가 돈 잃은 이유를 내게 덮어씌우기도 했다.

그래서 하프스윙이 아닌 풀스윙으로 결전의 날을 다시 잡았다. 안 붙을 수가 없었다.

결전의 날은, 비도 안 오고 바람도 안 불고, 골프라운드를 하기에는 안성맞춤인 날씨였다.

"자아, 밤일낮장 선을 정하소."

첫 홀의 티잉 그라운드 옆에서 장비와 무기를 점검하는데 태종이가 장갑의 목을 잡아 올리면서 전의에 불타는 눈으로 말했다. 나는 고스톱을 치던 날 태종이의 별명이 '고스톱의 지존'이라는 것을 알았다. 골프도 고스톱 식으로 친다나. 나는 양철깡통에서 젓가락 짝을 뽑았다.

"자아, 지금은 벌건 낮잉게, 젓가락 짝에 띠 네 개 두른 김 작가부터 등극허소."

"옴마, 그럼 못쓰지. 띠 하나 두른 사람이 오너 잉게. 지존부터 오르소서."

"김 작가 여기서도 대소변을 못 가린다요. 우리는 우리의 신성한 룰이 있응께. 잔말 말고 따르소."

제비뽑기를 하지나 말지. 여기가 고스톱판인지 골프판인지 못 가리겠다.

그러나 라운드를 시작하기도 전에 기선을 제압당하면 전세가 불리해진다. 고스톱이 태종이에게 전공과목이라면 골프는 내 전공과목이다. 나는 심호흡으로 내공을 높였다.

"그럼 오밤중에 라운드 시작할 때는 띠 하나가 끗발이 높다는거?"

"암소리 말어. 밤에는 주소야대(晝小夜大). 그니까 언제나 띠 많이 두른 사람이 선을 잡는 거지."

혼자서 북 치고 장구 치고 다 한다.

세 번째 홀에서 경수가 티샷 OB를 냈다.

"경수가 운전을 하고 왔으니까 멀리건 하나 줘야 옳지?"

구겨진 얼굴로 티잉 그라운드를 내려오는 낸 경수를 바라보며 내가 다른 동반자들에의 의향을 물었다.

"자네 낙장불입이라는 야그도 못 들어봤는감. 한 번 패대기를 쳤으면 그만잉겨."

일언지하에 내 말을 잘라버린다. 괜히 대거리를 하다가는 재산상의 손실이 커진다. 말을 아끼고 집중력을 높여 수입을 올리는데 열중하자.

제4홀에서 나 혼자서 파를 했다. 나머지 셋은 보기를 했으므로 나는 3천 냥을 먹었다. 페어웨이의 길이가 짧은 파4의 제5홀에서 나는 버디를 했다. 태종이는 파, 경수와 재식이는 보기를 했으므로 나는 8천 냥의 수입을 올렸다.

"김 작가, 자네는 고스톱 머리도 못 돌리문서, 꼴푸 머리도 참말로 못 돌리는만. 꼴푸만 잘허믄 뭣에 쓴당가. 살림에 보탬이 되아야지. 보소, 4홀에서 다른 아그들이 다 보기를 했으믄 자네도 파를 잡지 말고 보기를 혀서 나가리를 시키면 따블판이 되자녀. 거그서 3천 냥 먹었다고 용을 써서 구녁에 넣어부렸승게, 5홀은 홑판이 되야서 8천 냥밖에 못 먹었자녀. 아까비. 계산기 눌러봐. 손해가 얼망가. 5천 냥이네."

나는 태종이의 말을 듣고 깜짝 놀랐다. 이 골프장의 제3홀과 제4홀이 내게 만만한 홀임에는 틀림이 없다. 그러나 나는 키워서 잡아먹으려고 일부러 무승부를 조작하는 짓은 엄두도 못 냈었다. 그런 머리를 가진 태종이가 존경스럽다. JQ(잔머리지수)가 무지 높은가보다.

이리저리 머리를 굴리자니, 패가 잘 안 풀린다. 아니 공이 잘 안 맞는다. 파3인 제7홀에서는 아이언으로 친 티샷이 워터해저드를 건너지 못하고 물과 흙의 경계에 걸린다. 공이 허리까지 물에 잠겨 있다. 공을 살리려면 발목까지는 물에 들어가야 한다. 나는 망설이다가 신발도 벗고 양말도 벗는다. 그러나 결과는 토핑이다. 나는 박세리가 아니었다.

"자네는 비풍초똥팔삼도 모르는감? 무엇을 포기해야 할지 후딱 결정해야 하는 거여. 물에 빠진 공은 한 타 먹고 나오는 것이 현명헌거지, 자네가 무슨 쎄리라고 똠벙에 가라앉은 공을 바로 쳐. 김 작가, 여기서 몇 개나 친 줄 아쇼? 어디 보자, 한놈, 두식이, 석삼, 너구리, 닷, 예……. 다마네기구만."

나는 할 말을 잃는다. 의기소침해진다. 적군들은 기세가 등등해진다.

마지막 홀이다. 경수가 때린 공이 로켓처럼 나른다.

"무지가 용맹이라, 무식헌 놈이 용감하다고, 경수 저 아그, 고스톱 칠 때도 광만 좋아해요. 꼴푸도 드라이버만 뽀다구나게 잘 쳐서 공만 학 맹키로 휘얼휠 널러가믄 입 꼬리가 귀 잡으러 달려간당께."

경수는 겨우 초보딱지를 떼었다고 한다. 티샷과 두 번째 샷은 그럭저럭 날리는데 설거지가 엉망이다.

재식이와 태종이의 공은 그린에 올랐다. 태종이는 무난하게 파를 잡을 수 있는 거리이고, 재식이의 공과 그린의 뒤쪽 끝에 꽂혀있는 깃대와의 거리는 20미터가 넘는다. 운과 실력이 따라줘야 투펏으로 홀인이 된다. 경수의 공은 그린을 넘어 갔다. 그린에지에 붙어있다. 나는 어프로치 샷으로 깃대에 붙였다. 한 뼘 남짓이다. 태종이와 경수가 입을 모아서 오케이를 외쳐준다. 나는 공을 집었다.

그린에지에 공이 있는 경수보다 그린 위지만 깃대와의 거리가 먼 재식이가 먼저 퍼팅을 해야 하므로 나는 깃대를 뽑아서 퍼팅라인에 방해되지 않는 곳에 던져두었다.

"떡메로 떡치듯이 매우 쳐라."

"매우 치랍신다."

나와 경수는 재식이를 응원을 한답시고 돌림노래를 불렀다. 정말로 그는 힘껏 쳤다. 공은 홀을 지나쳐 정처 없이 굴러가 버린다.

"밥보다 꼬치장이 더 많다. 구녕에 닿지 않으면 삽신이 안 되니께 길게 보내라고 배웠을 테지만, 아무리 심 좋다고 그렇게 박력 있게 밀어붙이냐. 심은 쓸 디가 따로 있지. 초짜들은 꼭 저래요. 피는 몰캉허게 봤다가 피바가지 쓰고. 빠따를 암 치케나 허고."

태종이의 넉살에 웃음을 터뜨리며 경수는 샌드웨지를 잡는다. 경수의 일천한 실력으로는 퍼터를 사용해야 될 것 같은데, 위험한 짓이라는 생각이 든다.

아니나 다를까 염려한 대로 경수의 샌드웨지에 맞은 공은 생크가 난다. 공이 얼토당토 아니한 방향으로 개구리처럼 폴싹 뛴다. 그런데 이게 웬일이란 말인가. 제멋대로 튀던 공이 그린에 누워있던 깃대를 맞추고 방향을 바꾸어 구르더니 구멍 속으로 숨는 것이다. 어이가 없어도 한참 없다.

"깃대를 뽑아서 거기다가 던져놓은 사람이 김 작가지? 김 작가가 독박 써야 해. 버디값이랑 다른 사람 것까지 다 물으라고."

희한한 버디를 구경하느라고 열린 입을 다물지 못하는 내게 태종이가 지청구를 먹인다.

골프의 비너스

매홀 '보기(bogey)만 하는 남자' 를 골퍼들 사이에서는 변태라고 한다.

세간에 회자되는 '놈년시리즈' 에서 파생된 우스갯소리로서, 알몸의 여자를 앞에 두고 바라보기만 하는 남자는 변태나 다름없다는 뜻이다.

사나이가 '보기' 만 해서는 될 일인가. 파(par)도 하고 버디(birdie)도 하고. 넣기도 잘해야 한다.

골프라운드를 마치고 집으로 돌아와서, 침대에 누워서 천장에 골프코스를 그린다.

실수한 샷만 떠오른다. 제2홀에서 허리가 밖으로 먼저 빠지는 바람에 슬라이스가 났었지. 왼쪽 발로 기둥을 세우듯이 밀리지 말았어야 했고, 제8홀에서 그린에지에 붙은 공을 샌드웨지가 아닌 퍼터로 가볍게 밀었어야 했고, 13번 홀에서는 8번인 아닌 7번 아이언을 잡았으면 벙커에 빠지지 않았을 테고, 아휴, 그런 실수만 없었다면 3타는 줄일 수 있었겠지.

드라이버만 잘 다루면 더블보기, 거기에 아이언이나 페어웨이 우드를 보태면 보기, 웨지를 능란하게 사용한다면 파, 퍼터까지 정복하면 버디를 한다고 한다. 골퍼라면 누구라도 모든 골프채를 잘 다루고 싶어 한다. 그래서 넣지 못하고 보기만 하는 골퍼가 아니라 파와 버디만을 번갈아 하는 타이거 우즈 같은 골프황제를 그린다.

현주는 드라이버 샷이 일품이다. 백스윙도 팔로우도 크지 않지만 임팩트 때에 손목의 턴 오버가 기가 막히다. 여성프로골퍼 줄리잉스터 같은 스윙폼을 가지고 있다. 그녀의 드라이버는 로프트가 9.5도인 남성프로골퍼용이다.

S 골프장의 제8번 홀은 여성티에서 210미터 떨어진 지점에서 해저드가 시작된다. 나는 이곳에서 해저드에 공을 빠뜨려보고 싶다. 단 한 번 빨간 말뚝 근처까지는 갔지만, 해저드에 처넣지는 못했었다.

그날, 큰 내기가 걸렸음에도 현주는 티잉 그라운드에 올라서면 드라이버를 잡는다. 동반자의 기를 죽이려는 속셈이다. 그리고 힘차게 쳐서 공을 수장시킨다. 그녀가 그렇게 괴력으로 드라이버 샷을 날리면, 모두 그녀만큼 거리를 내보겠다고 쓸데없이 어깨에 힘을 넣고 스윙을 하는 바람에 OB를 내거나 토핑을 한다. 티샷을 망쳤다고 만회를 못 하지는 않겠지만 불쾌하기 이를 데 없다.

"넌 말이야. 드라이버는 입신경지에 이르렀는데, 다른 건 왜 그 모양이니?"

드라이버를 너무 잘하는 현주가 얄미워서 잘하는 드라이버를 칭찬해주기보다는 못하는 쪽의 흠을 잡았다.

"지난겨울 내내 그물망 안에서 죽어라 드라이버만 쳤어."

절묘하게 타이밍을 맞추어서 손목을 돌리는 스윙이 절대로 연습만으로는 되지 않음을 나는 피나는 연습을 해본 뒤에 알았는데도 현주는 딴전이다. 그러나 현주는 자신의 특기만을 살리고 약점인 쇼트게임을 보완 안 하기 때문에 그녀의 기록은 주목 대상에서 빠진다.

경희는 페어웨이 우드를 잘 친다. 잔디가 죽은 거의 맨땅이나 다름없는 페어웨이에서도 박세리처럼 10.5도 여성용 드라이버를 휘두른다. 풀이 짧은 페어웨이에 올라 앉아 있는 공을 빈 스윙도 하지 않고 드라이버로 살포시 걷어낸다. 그러고 나서는, 나는 이렇게 치기 어려운 곳에 놓인 공도 우드로 치는데, 너는 풀 위에 상큼하게 올라있는 공을 치려고 아이언 들고 설치느냐는 듯이 나를 바라보고 씽긋 웃는다. 대신에 경희 는 아이언 샷이 엉망이다. 채가방을 들여다보면 우드일색 이다. 드라이버와 3, 5, 7, 9번 우드를 가지고 다닌다.

나는 현주만큼 드라이버를 잘 치지도 못하고 경희만큼 페 어웨이 우드를 잘 다루지도 못하지만, 쇼트게임에서 만은 그 들을 능가한다. 한 라운드에서 세 번이나 칩샷으로 홀인 시킨 적도 있고, 두 홀에 한 번 꼴로 어프로치로 홀에 두 뼘 이내로 공을 붙여서, 거의 그린에 올라갈 필요가 없었던 적도 있다. 그런 묘기를 보여주면 그들은 열린 입을 다물지 못한다. 그들 은 스스로 주눅이 들어서 두 뼘도 안 되는 거리의 퍼트를 실 수하기도 한다.

미숙이는 퍼트의 귀재이다. 그녀는 퍼팅라인을 못 읽거나 너무 길거나 짧게 퍼트를 하는 사람을 보면 도저히 이해할 수 없다고 한다.

"나는 저런 건 눈감고도 넣을 수 있어. 발로 차도 들어간다 구……."

퍼트를 잘하는 미숙이를 보면서 나는 그녀가 정말 골프에 소질이 있다고 판단한다. 퍼터로 공을 원하는 방향으로 원하 는 거리만큼 보낼 줄 알뿐더러 그린의 지형을 잘 파악하는 능 력은 연습과 훈련만으로는 안 되는 것 같다. 타고난 감각이 필요하다고 느끼는 부분이다.

나는 현주의 드라이버 스윙폼을 흉내내보지만 어림도 없다. 손목을 빨리 돌리면 훅이고, 늦으면 슬라이스이고, 까닥 잘못하면 공의 뒤쪽 땅을 친다. 페어웨이에서 드라이버를 들어 볼 엄두도 못 낸다. 시도는 해봤지만 공이 뜨지도 않았다. 뿐만 아니라 3번 우드도 실수가 잦다.

그러나 50야드 이내에서 깃대에 착착 공을 붙이는 내게 친구들은 박수를 치면서 묻는다.

"너 깃대까지 몇 미터라고 계산했니?"

"숫자로 환산한 거리개념은 없어. 깃대 한번 바라보고 공한번 노려보고 서너 번 빈 스윙 하고 그다음엔 감각으로 공을 치는 거야."

나는 나름대로 터득한 바를 알려준다.

문학을 하는 작가들에게도 나름대로 특기가 있다. 그러기에 시인이 있고, 소설가가 있고, 희곡작가가 있다. 운문 쪽에 강한 사람이 있고 산문 쪽에 강한 사람이 있고, 지문보다는 대사를 맛깔스럽게 표현하는 부류가 있다.

전적으로 내 개인의 소견이지만, 문학도 노력만으로 되는 분야가 있고, 필히 재능을 타고 나야 하는 분야가 있는 것 같다. 산문은 노동력이 필요한 분야이고 운문은 타고난 감성에

좌우되는 분야다. 골프에서 드라이버나 아이언 샷이 힘과 노력만으로 어느 만큼은 경지에 다다를 수 있다면, 어프로치나 퍼팅은 타고난 재능을 필요로 하는 부분이 아니던가.

시인들은 길을 가다가 영화를 보다가 떠오르는 시상을 잠깐 메모하는 것만으로도 시 한 편을 탄생시킨다. 하지만 산문은 노동력이 필요하다. 언어를 다루는 능력으로 분류해도, 시인이 천부적으로 문학적 감성을 타고난 사람들이라면 소설가들은 죽기 살기로 노력하는 사람들이다.

나는 소설가가 되고 싶다는 문학청년에게 한 가지 충고밖에 안 한다. 열심히 하라고. 죽어라 하고 내 글을 쓰고, 죽어라 하고 문학작품을 읽고, 죽어라 하고 경험을 쌓고. 이것만이 꿈을 이루는 길이라고 나는 늘 준엄하게 충고한다.

나도 시를 써보기도 했지만, 시를 잘 쓰기 위해서 무엇을 어떻게 해야 하는지 나는 잘 모른다. 당연히 많이 쓰고 읽고 느끼면 중간은 따라갈 수 있으리라.

도저히 하늘이 돕지 않았다면 들어갈 수 없는 퍼트를 성공시키는 프로골퍼를 보면서, 땅을 치고 무릎을 치고 가슴을 치게 하는 감동적인 시를 만나면서, 단지 노력만으로는 따라갈 수 없는 '타고난 감성' 앞에서 경탄한다.

또, 소설 중에서도 단편소설에 능한 사람과 장편소설에 능한 사람이 있다. 주로 장편만 쓰는 소설가를 일반적으로 '호흡이 길다'고 한다. 우스갯소리로, 장편소설을 주로 발표하는 작가를 지루작가, 단편소설 작가를 조루작가라고도 한다.

나는 소설을 쓰는 사람이라 긴 글에는 강하지만 짧은 글에는 약하다. 소설을 써놓고도 제목을 못 붙여서 전전긍긍하는 경우가 있었는데, 내 작품을 읽어 본 시인이 대번에 제목을 붙여줬다.

드라이버만 멋지게 날린다고 완벽한 골퍼도 아니고 쇼트게임을 잘한다고 이븐파나 언더파를 기록할 수는 없다.

동서고금, 미인의 상징으로는 비너스를 꼽는다.

그러나 이 세상에는 비너스보다 더 고운 아미를 가진 여자도 있고, 비너스보다 더 선이 고운 마늘 쪽 같은 콧날을 가진 미인도, 더 탐스런 엉덩이를 가진 글래머도 얼마든지 널려 있다. 하지만, 그들을 비너스만큼 아름답다고 하지는 않는다. 비너스의 아름다움은 '조화'에 있다고 한다.

우리 넷의 주특기를 조화롭게 살린다면, 매 라운드마다 언더파를 치는 '골프의 비너스'가 될 것 같다.

청출어람(靑出於藍)

언젠가 나의 문우라고 할 수 있는 여성소설가의 저서가 한국의 5대 서점에서 집계한 베스트셀러 반열에 올랐다.

내 자신을 성찰하기에 앞서, 그녀의 저작이 베스트셀러가 되었음이 사촌이 땅을 샀다는 소식보다 더 배를 아프게 해서 끙끙 앓고 있는데 선배소설가에게서 전화가 왔다.

"5대 일간지에 4단통으로 광고를 그렇게 때렸으니, 아무리 인세가 많이 들어와도 나간 광고비를 건지긴 힘이 들겠지, 뭐."

나는 그녀를 깎아내리기 위해 언성을 높였다.

"전력질주를 한 사람을 그렇게 폄훼하는 게 아냐. 시샘 많은 그대, 그대도 최선을 다한다면 괄목할만한 결과가 나타날 거야."

선배의 연설은 공자님 말씀처럼 지루했다.

"아직 초반전일 뿐이에요. 문학은 마라톤이니까, 토끼가 꼭 이기란 법은 없어요. 거북이처럼 게으름 피지 않고 뚜벅뚜벅 외길을 따라가면, 언젠가는 앞지를 거예요."

나는 오기가 발동해서, 전력질주를 다짐했다.

전력질주, 이것이 문제다. 단거리 달리기라면 마땅히 전력 질주를 해야 한다. 멀리가기위해서는 힘을 골고루 안배하는 지혜로움도 있어야 한다. 문학도 마라톤처럼 긴 여정이다. 처음부터 전력질주를 하다가는 완주하지 못한다. 나는 안일한 변백을 일삼으며 자기발전을 소홀히 했다.

어느 세계이든지 후배가 있고 맞수가 있고 선배가 있다. 누구라도 치올라오는 후배를 따돌리고 맞수를 제치고 선배를 추월하고 싶어 한다.

나보다 골프를 늦게 배운 친구가 있다. 그녀가 머리를 올리는 날 동반한 나는 89타를 쳤다. 나는 이제 막 즐겁지만 한편으로는 고통스럽기 짝이 없는 골프에 입문한 그녀에게, '너도 일 년만 열심히 하면 나만큼은 할 수 있다'라고 덕담을 날렸다.

일 년쯤 지났을까. 그녀의 공은 페어웨이에서 여전히 날지 않았다. 어쩌다 날기도 했지만 엉뚱한 방향으로 갔다. 나 같으면 짜증 나고 답답하고 울화통이 터지련만 그녀는 개의치 않았다. 골프를 잘해보겠다는 의욕 따위는 내비치지 않았다. 한 라운드 동안에 나는 두 개의 칩샷을 성공하고, 깃대에서 반지름 50센티미터 반경 안에 공을 붙이는 묘기를 여러 번 보여주었는데도, 그녀는 단지 내가 운이 좋아서 공이 저절로 깃대를 향해 달려가는 것이라고 믿는 눈치였다.

나는 그녀가 '골프치'라고 생각했다. 음치가 있고 백치가 있듯이 골프에 관한 한 바보라고 생각했다. 그래도 그녀는 연습장 출근부에 일수도장을 눌렀고, 일주일에 서너 번은 골프장의 잔디를 눌렀다. 나는 그녀가 풀 방구리에 생쥐 드나들듯 연습장에 발을 들이미는 까닭은 그곳에서 사귄 친구들과 노는 맛을 들였든지, 티칭프로를 짝사랑하든지 둘 중의 하나라고 믿었다. 잔디를 열심히 밟는 이유도, 연습장에 열심인 이유에 소풍 나가는 맛이 곁들여져있기 때문이라고 생각했다.

굴러다니던 공이 제법 하늘을 날기 시작하면서 그녀는 골프라는 운동에 즐거움이 있음을 깨달았다. 그러나 공이 멀리 똑바로 나는 데에만 신경을 썼지, 구멍의 중요성은 채 터득을 못 하고 있었다. 힘만 세면 만사형통인 줄 알고, 드라이버만 멀리 날리면 이긴 줄 알고, 희희낙락거렸다. 그녀는 땀을 뻘뻘 흘리면서 더욱 세게 공을 팼다. 그녀는 힘자랑하는 재미에 골프장을 찾았다.

"드라이버를 새 것으로 바꿨더니 비거리가 10미터나 늘었어."

그녀가 새로 산 드라이버를 들고 내게 자랑을 했다.

"신형 드라이버의 광고 문구는 언제나 비슷하다는 것을 기억하니? 인체공학 어쩌고 신소재 어쩌고 하면서 공이 클럽페이스의 아무 데나 맞아도 똑바로 멀리 간다는 선전을 하지. 만약에 신제품이 출시될 때마다 공의 비거리가 10퍼센트씩 늘어났다면 지금쯤 인간은 한 번의 샷으로 공을 500미터는 보낼 수 있어야 하지."

나는 까마득한 후배에게 선배로서 긴 강의를 펼쳤다.

"얘, 이 퍼터는 말이야. 공을 치고 나서, 들어가라, 들어가라, 이렇게 주문을 걸면 공이 부끄러워하면서 구멍으로 숨는단다."

그녀는 새로 산 퍼터를 들고 삼척동자에게도 안 먹히는 자랑을 하기도 하고, 퍼터의 그립 쥐는 법을 바꿨더니 효과가 있더라고 귀띔을 하기도 했다.

"퍼터는 조강지처를 버리면 안 돼. 퍼트는 그날의 컨디션이야. 공이 잘 들어가는 날은 구멍이 무척 커 보이고 안 들어가는 날은 정말 바늘구멍만 해. 그렇지만 컨디션에 앞서 기본기는 갖춰야지. 그린의 높낮이를 읽을 줄도 알아야 하고, 무엇보다 정타를 때릴 수 있도록 부단한 노력을 해야지. 안 그래요, 프로님?"

나는 그녀의 시답지 않은 소리를 으깨버리려고 옆에 서 있는 프로에게 응원을 청했다.

"그런 건 잘 모르겠는데, 검은 옷을 입은 날은 퍼트가 무지 안 되고, 4번 공을 쓰면 OB가 잘 안 나고, 뭐 그런 마스코트인지 징크스는 있더라만."

골프채 수집가처럼 열성적으로 골프채를 사들이고, 그보다는 미신에 더 의존하는 그녀에게서 아직 대기만성의 불길한 기운은 느낄 수 없었다.

일 년 전쯤이었나, 그녀가 두 번째 샷으로 공을 그린 근처에 떨어뜨려 놓고는, 그린에서 50미터도 더 떨어진 곳에 놓인 내 공을 보면서 승리의 미소를 지었다. 여태도 그녀의 미소가 5분도 지속되지 않게 만들어버렸었지만, 그날도 승부는 세 번째 샷에서 결정되었다. 그녀는 그린 에지에서 7번이나 8번 아이언을 사용하여 러닝 어프로치를 했다. 공은 그녀가 원하는 방향으로 뛰어주었지만 결승점을 놓치고 한없이 달려나갔다. 나는 그녀의 채가방 안의 피칭웨지나 샌드웨지가 하나도 닳지 않았음을 확인하면서, 아직도 그녀가 별수 없는 애송이임을 확인했다.

"꽃이 그려진 공 말이야. 신기하게 그 공이 거리가 많이 나. 근데 그 공은 퍼터로 때려도 같은 반응이 나타나거든. 드라이버 거리 욕심내려다가 퍼트에서 한 타를 잃게 되더라니까."

그녀가 숙녀회 월례회에 다녀와서 내게 말했다. 특정상표의 공이 다른 상표의 공보다 탁월한 비거리를 가졌음을 체감할 만큼 그녀의 감각은 예민해졌고, 그 공이 그린에서도 더 많이 굴러감을 느낄 수 있는 경지에 오른 것이다.

"참, 이달에 소영이가 메달리스트를 했는데 나와 같은 팀이었어. 소영이 어쩜 그렇게 꾸무럭 대니? 어프로치 빈 스윙을 네 번씩이나 하더라구."

자기의 공만 쫓아다니느라 동반자가 OB를 내는지 물에 빠뜨리는지 알지도 못하였는데, 이젠 동반자가 경기하는 양을 세심하게 관찰하는 여유도 생겼다. 그녀는 내가 게으름을 피우는 사이 부쩍 커버렸다.

"넌 아직까지 그것도 모르면서 공치고 다녔니? 그러니까 너는 쇼트게임을 못 하는 거야. PGA 시합 중계방송 한 번도 안 봤니? 프로들도 드라이버는 한 번 정도 빈 스윙을 하지만 피칭웨지로는 적어도 세 번은 해. 박세리도 두 번 휘둘러보고, 다시 방향 보고 두 번 더 휘둘러보고, 그리고 나서야 공

때리지 않든?"

나는 그녀를 짓이겨버릴 속셈으로 톡톡히 창피를 주었다.

"감각, 연습, 실전의 순서야. 감각이 없다면 언제나 과학적으로 계산을 해 봐. 공이 놓인 곳에서부터 깃발이 꽂힌 곳까지 걸음으로 거리를 재고 경사를 계산해보면 연습장에서 연습했던 답이 나오잖아. 다음은 실전이야. 짧은 샷일수록 헤드업 하지 말고, 손목 쓰지 말고……."

내친김에 얄팍한 지식을 총동원해서 나는 그녀를 뭉갰다.

최근에 그녀와 라운드를 했다.

"시범적으로다가 괴력의 장타를 한번 보여주시지. 저기 소나무까지가 220미터라던데."

"잘 맞으면 220미터지만 평균은 200미터나 될 거야."

티잉 그라운드에 올라서며 그녀는 내게 겸손하게 말했다. 그녀는 자신의 드라이버 샷의 거리도 결코 최대치가 아닌 평균치로 말할 수 있게 되었고, 바람과 경사와 공이 놓인 상태에 따라 두 세 클럽을 더 잡거나 덜 잡는 지혜로움도 이미 익혔다. 18홀이 끝났을 때 그녀는 자신의 기록은 물론 동반자의 기록까지 모두 외우고 있었다.

"캐디가 첫 홀을 보기로 적었고, OB도 하나 뺐네. 너하고 나하고 같은 점수로 적혀 있지만 내가 한 타 진 거야. 역시 너는 못 당하겠어."

그렇게 말하는 그녀의 얼굴에 패배의 그늘은 전혀 없었다. 오히려 승리의 환희로 빛났다. 그녀는 단지 선배에 대한 예의를 차려준 것뿐이다. 그녀는 내가 멀리건을 하나 받았다는 사실도 기억했고, 정당하게 승부를 가리자면 자신이 이겼음을 알고 있었다.

성악설을 창시한 순자의 권학편에는, '푸른색은 쪽에서 취했지만 쪽빛보다 더 푸르고[靑取之於藍而靑於藍] 얼음은 물이 이루었지만 물보다도 더 차다[氷水爲之而寒於水]. 학문은 그쳐서는 안 된다[學不可以已]. 면학을 계속하면 스승을 능가하는 학문의 깊이를 가진 제자도 나타날 수 있다'는 뜻인 '청출어람(靑出於藍)'이란 말이 있다.

실력도 에티켓도 앞서가는 후배를 바라보다가, 불현듯 청출어람이라는 말이 떠올라서 나는 한없는 비애에 휩싸인다.

골프 라운드 비용은 쌀 한 가마니, 골프 공 한 개는 짜장면 한 그릇

옛날 어른들은 '티끌 모아 태산'이라며 저축과 절약을 강조했다.

동전 한 닢이라도 아끼고 쌀 한 톨이라도 아끼라고 하셨다. 치약도 조금만 짜서 쓰고, 비누도 한 면에는 은박지를 붙여 꼭 필요한 양만큼만 쓰라고 했다.

요즘에 옛 어른들의 말씀을 곧이곧대로 받아들이는 사람들이 얼마나 있는지 의문이다.

나도 그렇다. 티끌은 모아봐야 태산은커녕 동산도 안 된다고 생각한다. 티끌 모아 태산을 이룬 사람이 있다면 손들고 나오라고 하고 싶다.

영화 보고 외식하는 따위의 여가 생활비나 문화비의 지출을 줄이고 기본 식비나 생필품은 넉넉하게 쓰자, 덜 누리고 살면 되지 까짓 몇 푼 안 되는 비누를 쓰면서 은박지까지는 붙일 필요가 없다고 주장한다.

그런 주장을 하는 나는 골프라는 운동은 아예 배우지도 말았어야 옳다. 만약에 한다면, 라운드 횟수를 줄이든지, 아니면 열심히 칼을 갈아서 남의 주머니라도 훑어서 그린피를 벌어야 한다. 그렇지만 나는 라운드 횟수도 줄이지 못하고, 소질도 없고 노력도 안 해서 남의 주머니를 털기는 고사하고 남의 주머니만 불려주고 다니는 형편이다.

골프를 배운지 6개월이 채 안되었을 즈음, 라운드를 하면서 생긴 일이다.

그 시절 내게 있어서 골프란 얼굴에 기미나 생기게 하는 운동, 공은 날지도 않고 기어가기만 하고 한 나절의 시간을 잡아먹는 별 재미도 없는 운동이었다. 게다가 그린피, 캐디피, 식음료비, 골프장까지 왕복 연료비, 고속도로 통행료까지 합하면 쌀 한 가마니 값을 잡아먹는 비싸기 이를 데 없는 운동이었다. 라운드 나가기 전날 가만히 누워 천장을 바라보면, 눈앞에 김이 무럭무럭 오르는 쌀밥이 담긴 주발이 일렬종대로 지나갔다.

나는 페어웨이를 걷다가 잔디 위에 오도카니 앉아있는 공을 발견했다. 분명 우리 일행이 티샷한 공은 아니었다. 길 위에 떨어져 있는 동전처럼, 앞서간 골퍼가 부주의로 흘린 공이라 생각되어서 공을 주웠다. 공은 흠집 하나 없는 새것이었고 내가 선호하는 상표였다. 누구나 동전이라도 주우면 기분이 좋다. 나도 횡재라도 한 듯이 기분이 좋아서 혼자 웃었다. 공을 막 주머니에 넣으려는 순간, 웬 사내가 언덕에서 내려오더니 두리번거리며 무언가를 찾았다. 그가 티샷한 공이 슬라이스가 나서 내가 서있는 지점에 떨어졌던 것이다.

"앞 사람이 잃어버린 공인 줄 알았어요."

나는 우물우물 발명(發明)하며 공을 내어주었다. 하지만, 큰 도둑질이라도 하다가 들킨 것처럼 창피하기 짝이 없었다.

그린에 올라갔더니 10원짜리 동전이 떨어져 있었다. 하느님이 방금 전의 손해를 만회해 주는 것이라 생각했다. 얼른 주머니에 넣었다. 먼 산에서 뻐꾸기가 나의 횡재를 축하하는 뜻으로 뻐꾹뻐꾹 울었다.

조금 있다가 나보다 늦게 그린에 올라온 동반자가 자기의 공이 떨어졌음직한 자리를 빙빙 돌며 고개를 갸웃했다.

"거기 마크해 놓았어요."

캐디가 내가 동전을 집어 올린 딱 그 지점을 가리키며 말했다.

"없는데?"

"이상하다. 분명 동전으로 마크를 하고 공을 집었는데요."

이번에는 캐디까지 합세해서 동전을 찾았다. 동반자는 나를 째려봤고, 나는 그의 의혹 서린 시선에서 내가 무슨 큰 잘못을 저질렀음을 깨달았다.

"돈 20원을 슬쩍할 정도로 궁색해 보이지는 않지만 정히 욕심이 난다면 200원을 줄 테니까 10원짜리 동전은 제자리에 갖다놓으시죠."

쪽팔린다는 말을 이런 때 써야 한다.

그는 볼마커를 임의로 없애면 벌타를 먹는다고, 초보자인 내가 알 턱이 없는 골프룰을 들이대며 모욕을 주었다. 그린에 놓여있는 동전은 흘린 사람이 다 찾아가게 되어 있으니까 절대로 줍지 말라고도 했다. 볼마커로 쓰는 동전을 주운 탓에, 정말 20원 때문에 그렇게 민망해보기는 처음이었다.

이런 실수를 계기로, 나는 그린 위에 떨어져 있는 동전은 절대로 주우면 안 되지만, 페어웨이에 떨어져 있는 동전은 주워도 된다는 값진 교훈을 얻게 되었다.

그러나 내가 어렸을 적부터 매 맞아 가면서 몸에 들인 '티끌 모아 태산' 습성은 잘 고쳐지지가 않았다. 잔디에서 뒹구는 임자가 없는 공, 페어웨이에 떨어져 있는 부러지지 않은 티, 모으면 태산이 될 수 있는 티끌을 찾게 되었다.

골프공 한 개의 값은 짜장면 한 그릇 값이다. 공을 분실하 거나 워터 해저드에 빠뜨리면 피가 되고 살이 될 짜장면 한 그릇을 숲속이나 물속에 던져버리는 격이다.

지난여름에 라운드를 하다가 물이 없는 못을 만났다. 물갈이를 하느라고 물을 모두 빼버린 모양이었다. 말라가는 수초 사이로 백 개도 넘는 공들이 뒹굴고 있었다. 짜장면 백 그릇이 진흙진창에 막 묻히려는 안타까운 순간이었다. 내가 짜장면을 구해야 한다. 나 아니면 누가 이 어려운 일을 자처한단 말인가. 나는 비옷을 넣는 비닐가방을 들고 못 안으로 들어갔다. 정신없이 공을 비닐가방에 쓸어 넣었다. 짜장면에 눈이 어두워 동반자들이 나를 버리고 앞서 갔다는 사실은 잊었다. 만족할 만큼 공을 확보하고 기쁨의 눈물을 흘리며 못에서 나가려는데 발이 미끄러지기 시작했다. 진흙에 빠진 발은 움직이면 움직일수록 배수로 쪽으로 끌려갔다. 아무도 구해주지 않는다면 나는 배수구로 딸려나가 저 깊은 땅속으로 떨어진다. 나는 동반자들의 이름도 불러보고 영어로 '에스오에스', '헬프 미'도 외쳤다. 결국은 우리 다음 조가 내려준 골프채를 붙잡고 올라왔다.

나는 페어웨이를 걷다가, 푸른 잔디에 외롭게 누워있는 공도 만나고, 워터 해저드의 얕은 물에 잠겨 있어서 맘만 먹으면 내 것이 될 수 있는 공도 만난다. 그러면 갖고 싶어진다. 공을 향해 저절로 뻗어나가는 내 손을 잡으며 친구들은 말한다.

"먹고 살만하면 탐내지 마. 골프장 측에서 이런 임자 없는 공은 주워서 불우이웃돕기에 쓴단다."

그렇지만 말이다.

한국에서 제일 돈이 많다고 하여 '돈병철'이라고도 불렸던 고(故) 이병철 회장도 골프 라운드를 하다가 페어웨이에 떨어진 티를 발견하면 얼른 주웠다고 한다. 그리고 횡재까지는 아니겠지만 적어도 티 하나 가격만큼은 그린피를 절약했다는 회심의 미소를 지으며 호주머니에 집어넣었다고 한다.

나는 부자도 아니다. 아파트 한 채와 맞먹는 회원권 값에 한숨짓고, 쌀 한 가마니 값의 라운드 비용에 눈물을 흘리는, 그러나 골프라운드는 하고 싶어서 좀이 쑤시는 서민 골퍼이다. 임자 없는 공 좀 탐내고, 그린 위에 떨어진 동전 좀 줍고, 남이 흘린 티도 좀 챙기는 짓이 그리 나쁜가.

토끼와 거북이

아침 11시에 집에서 전화 받는 여자는 아프거나 인간성 더럽거나 돈이 없는 여자라 한다.

물론 우스갯소리이다. 여자가 골프라는 스포츠를 즐기기 위해선 이 세 가지가 다 충족되어야 한다. 체력이 따라줘야 운동도 할 것이며 인간성이 좋지 못하면 동반자들이 상대를 안 해줄 것이다. 경제력도 빼놓을 수 없다.

나는 10여 년 동안 골프를 즐겨왔다. 그런데 지금은 그 좋아하는 골프를 거의 안 하고 있다. 아니, 못하고 숨어있다.

나의 은둔에 대해서 갖가지 소문들이 난무하고 있다. 성형수술이 실패해서 못 나온다, 빈궁마마 수술을 받았다, 소설책이 잘 안 팔려서 아사 직전이라더라 등등.

내가 필드에 못 나가는 까닭은 골프엘보 때문이다. 재발을 거듭하는 팔꿈치 통증 때문이다. 전문의는 적어도 몇 개월은 연습도 하지 말고 쉬어야 한다고 했다.

집에서 죽은 듯이 은둔을 하고 있는데 친구에게서 전화가 왔다. 점심을 사주겠으니 좀 나오라고 했다. 63빌딩의 꼭대기에 있는 음식점에서 만나기로 했다. 약속시각 5분 전에, '부킹시간 엄수'에 단련된 우리는 1층 엘리베이터 앞에서 만나졌다.

"너 보여주려고 가지고 왔지. 동반자들 사인도 다 받아왔어. 이제 내가 너한테 핸디 줄게."

엘리베이터가 고속상승을 하는 중에 그녀가 내 코앞으로 바짝 내민 종이 쪼가리는 바로 어제 날짜의 스코어카드였다. 그녀가 음식점에 도달할 시간까지도 못 참고 내 앞에서 뽐내고 싶은 기록은 82타였다. 나는 그녀가 만년 초보일 줄만 알았다. 그녀는 학창시절에 달리기경주에서 언제나 꼴찌는 독차지했었다. 게다가 잘 넘어지는 재주까지 있어 다른 친구들에게 웃음보따리를 안기는 천사 같은 아이였다. 내가 그녀에게 골프를 권한 데에는 만년초보를 시녀로 데리고 다니면서 심부름도 시켜먹고 돈도 좀 따먹으면서 나를 빛내려는 음흉한 암계가 숨어있었다.

"될까? 난 운동은 아둔패기잖아."

자신의 소질을 잘 알고 있는 그녀는 일 년쯤을 망설이다가 골프채를 잡았다.

"골프는 움직이지 않고 죽어있는 공을 때리는 운동이라 아둔패기라도 할 수 있어."

나는 감언이설로 꼬드기긴 했지만, 운전면허 실기시험을 일곱 번 만에 통과하고 시내 운전연수를 50시간이나 받은 다음에야 겨우 운전대를 잡은 그녀의 운동신경을 무시했었다.

그녀가 골프를 시작한지 3년까지는 내 음모가 차질 없이 실현되었다. 내기의 속내평이 어떤지 잘 모르는 그녀는 더하기 빼기 방식으로 핸디를 받았고 곱하기 나누기 식으로 내게 갈취를 당했다. 나는 이런 축재(蓄財)가 당대에는 영원히 지속하리라 믿었다. 내가 골프엘보라는 병마와 사투를 벌이는 동안 그녀는 묵묵히 칼을 간 것일까. 나무그늘에서 낮잠을 즐기는 토끼를 곁눈질로도 쳐다보지 않고 허위단심 전진한 거북이의 교훈을 본받은 것일까.

"잘했네. 싱글이 눈앞에 보이네. 그래서 오늘 한턱 쏜단 말이지?"

나는 아낌없이 칭찬했고 격려했다. 그러나 나는 스테이크의 연한 고기를 씹을 수가 없었다. 가슴으로 파고드는 쓰디쓴

절망 때문에, 새까만 후배가 라이벌이 되더니 이제는 추월하여 앞질러 가버리면서 선배에게 던져주는 아득한 절망 때문에, 나는 진정으로 목이 멨다.

골프친구를 잃었을 때,
우리의 인생도 최후의 날이 오리라

같은 골프모임 회원의 남편이 죽었다는 연락을 받고 문상을 갔다. 고인은 골퍼이자 전자제품의 부품을 생산하는 공장의 사장이기도 했다.

그의 죽음의 원인은 교통사고였다. 그는 아침 일찍 공장으로 출근했다가 골프장으로 달려가던 중에 교통사고를 당했다. 티 오프 시간이 촉박했던지 그는 미처 마치지 못한 일거리를 핸드폰으로 지시하다가 고속도로 커브 길에서 핸들을 놓쳐 중앙분리대를 들이받았다.

그의 전화를 받던 부하직원이 전화선을 통해 고스란히 건너온 그의 비명을 듣고 사고현장으로 달려갔더니 그의 차에서 나온 핸드폰은 뚜껑이 열려 있었다고 한다.

그날 그의 골프동반자들은 예고도 없이 골프라운드에 불참

한 그에게 세상에 널린 욕이란 욕은 다 모아다가 퍼부으며 한 라운드를 즐겁게 돌았고, 저녁 늦은 시각에 상쾌하고 나른한 피로와 더불어 생맥주잔을 기울이다가 비보에 접했다고 했다.

나는 고인의 부인을 위로하느라 하룻밤을 새웠다. 40대 초반의 가장이 하루아침에 저세상으로 가버림으로 해서 가족에게 남겨진 슬픔은 컸다. 그녀가 앞으로 어떻게 자식들을 부양하며 살아갈지가 염려되었다. 가장이 남겨놓은 부동산이 얼마나 되는지, 보험을 얼마나 들어 놓았는지도 옆 사람에게 물어봤다. 가장 구슬피 우는 사람은 고인의 노모였다. 눈이 짓물러 벌겋게 부어있었고 거의 실신한 상태였다. 자식이 죽으면 가슴이 아프고 남편이 죽으면 머리가 아프다는 옛말이 있다. 정말로 부인은 앞으로의 생계가 걱정이 되어 막막한 표정이었고, 노모는 자식을 잃은 애달픔에 어찌할 바를 몰라 했다.

물론 그의 친구들도 애통해 하기는 마찬가지였다. 죽은 자는 이미 라이벌이 아니기에 그의 선행만을, 그의 장점만을 칭찬하며 술잔을 기울였다. 밤이 깊어가고 있었다.

나는 술과 슬픔에 얼큰히 취해 화장실을 다녀오다가 정말로 구슬피 우는 한 사내를 만났다. 그는 온 세상의 슬픔이 다 자기 것인 양 비통하게 눈물을 짰다.

"돌아가신 분하고 같이 골프라운드 하는 거 여러 번 뵈었어요. 얼마나 망극하십니까."

나는 사내 앞을 그냥 지나칠 수 없어서 조의를 표했다.

"정말 좋은 친구였죠. 우린 골프도 같이 배웠고 머리도 같이 올렸습니다. 헌데 이 친구 언제나 저보다 한 수 아래였거든요. 우리 모임에서 제가 이겨먹을 수 있는 유일한 친구였습니다. 저는 이제 어디서 저보다 하수인 동반자를 만나죠?"

사내는 고백성사를 하듯이 내게 말했다.

"자신보다 실력이 좋은 친구를 좋아하는 골퍼는 매우 드물다고 합니다. 그러나 정작 골프를 하다보면 자신보다 실력이 못한 골프친구를 찾기도 쉽지 않다고 해요. 실력을 올리는 수밖에요."

고인이 아직 땅에도 묻히기 전에 나눌 말이 아닌 줄은 알지만, 내가 해줄 말은 그뿐이었다. 아니, 고인을 뒤쫓아 저세상으로 가서 같이 골프라운드를 한다면 먼저 간 친구도 따라온 동반자를 반길 것이며……. 나는 그 방법을 권해주고 싶었다.

"그게 안 되니까요."

그는 이미 눈물도 거두고, 내가 요술램프의 마법사라도 되는 양, 간절한 눈으로 나를 바라봤다.

"부단한 공부와 연습과 실전에 몸과 마음과 시간과 돈을 바처야지요."

나는 도덕선생님처럼, 티칭프로처럼 타이르듯 이야기했다.

그러나 정작 내가 해주고 싶은 말은 따로 있었다.

"좌절할 필요는 없습니다. 어느 길이든 정도도 있지만 샛길도 있으니까요. 페어웨이는 넓고 깊어서 다양한 속임수가 곳곳에 산재해 있을 뿐만 아니라 속임수를 가르쳐주는 선배 사기꾼도 무척 많거든요. 실력이 낮은 동반자를 찾기보다는, 유능한 선배를 찾아보세요."

아담의 낙원

같은 골프장에서 같은 캐디를 여러 번 만나는 일은 흔치 않다. 프로골퍼가 아닌 다음에야, 골프장 규정상 골퍼는 특정 캐디를 지명할 수 없다. 그래서 같은 캐디를 거듭 만나게 되면 흔치 않은 인연으로 여긴다. 세 번이나 네 번쯤 만나게 되면 특별한 인연으로 믿는다.

내가 K를 네 번이나 만난 것은, 아마도 내가 3년 넘게 일주일에 한 번 이상 P 골프장에서 라운드를 했기 때문이기도 했다.

"이렇게 네 번씩이나 우연하게 만나기는 힘들어요."

그녀가 먼저 우리의 특별한 인연에 대해 반가워했다.

"내가 여기서는 아직 80대 스코어를 못 내봤는데, 오늘 특별한 인연의 힘을 얻어서 8 자 그려봤으면 좋겠다."

"오늘 8 자 그리시면 제가 헤드커버 떠 드릴게요."

예쁘고 상냥한 K가 진담인지 농담인지 알 수 없는 어조로 그렇게 말했는데, 그날 나는 정말 89타를 쳤다. 다른 골프장에서는 더 좋은 기록을 내기도 했었지만, P 골프장에서는 90타가 베스트 스코어였었다.

한 달 후쯤 나는 그녀로부터 십자수로 내 이니셜이 수놓아진 헤드커버 한 세트를 선물 받았다.

"일 끝나고 저녁에 뜨느라 시간이 많이 걸렸어요."

채가방 색과 맞춘 빨간 털실로 한 코 한 코 뜬 그 헤드커버는 세상의 어느 것보다 우아하고 독특했다. 나는 답례로 내 저서와 얼만의 돈을 건네주었는데, 그녀는 돈은 받지 않았다. 그 후 5년도 더 지났지만 내 드라이버와 페어웨이 우드와 퍼터에는 아직도 K가 털실로 떠 준 헤드커버가 씌워져 있다.

어느 날 P 골프장과 가깝게 위치한 B 골프장에서 라운드를 하게 되었다.

"어느 골프장 캐디언니가 떠줬어요? 우리 골프장은 아니죠?"

B 골프장 캐디들은 내 헤드커버가 나와 특별한 관계에 있는 캐디의 작품임을 알아봤다. B 골프장의 캐디들도 헤드커버를 털실로 뜨는데 그 방식이 다르다고 했다. 내가 K와의 인

연을 설명해주었더니 그들은 수긍을 했다.

"직접 만들었어요?"

동호회 월례회 골프모임에 나갔더니, 이름까지 곱게 수놓아진 헤드카버를 요리조리 살펴보며 그렇게 묻는 남자가 있었다. 하긴 나도 한때 뜨개질을 열심히 했었다. 목도리도 뜨고, 장갑, 조끼, 스웨터 등을 떴었다. 그렇게 정성 들여 뜬 물건들은 가족이나 나와 특별하게 친한 사람들에게 선물했다.

"친하게 지내던 캐디가 있었어요. 그녀가 떠줬어요."

나는 자랑스럽게 뽐냈다.

"캐디언니하고 연애했어요?"

내가 막 K와의 인연에 대해 설명을 하려는데, 그가 의미심장한 물음을 던졌다. 나는 여자이고 레즈비언이 아니니까 캐디와 연애할 까닭이 없다. 그렇다면 헤드커버를 떠 주는 캐디와 남성 골퍼는 연애하는 사이란 말인가. 내 남편의 골프채에도 캐디가 털실로 떠 준 헤드커버가 씌워져 있는데.

나는 1988년에 캐디도 없는 퍼블릭 골프장에서 7홀 라운드로 머리를 올렸다. 두 번째 라운드는 남성 캐디가 시중을 드는 인도네시아 발리의 골프장에서 했다. 햇볕에 까맣게 그은 피부의 20대 젊은이였는데도 10킬로그램이나 나간다는 채가방을 메고 헉헉거리며 뒤를 따라오는 양이 몹시 안쓰러워 보였었다.

그리고 한국에서 본격적으로 골프를 하게 되었다. 한국 골프장의 캐디는 모두 여자였다. 캐디들은 모두 채가방을 어깨에 짊어지고 골퍼를 따라 산길을 걸었다. 캐디에게 측은지심이 일었다. 나는 채를 휘두르는 것 외에는 짐도 없이 서너 시간을 걷는 운동만으로 맥없이 뻗어버리고는 하는데, 저들은 얼마나 힘들까, 동정심이 절로 일었다. 그녀들의 노고를 가늠해 보려고 골프채를 메고 걸어본 적이 있는데 500미터도 못 걷고 기진해버렸다.

저다지도 힘든 일이 한국에서는 왜 여자들의 몫이 되었는지 궁금했다.

대부분의 한국 남자들은 밥할 줄도 모르고 청소나 빨래는 더욱 할 줄 모른다. 내 어릴 적에는 남자들은 해놓은 밥에 만들어놓은 반찬도 차려 먹을 줄 몰랐다. 아침에 이불을 개는 일도 하지 않았다. 구두를 닦지 않는 것은 물론 외출할 때면 신발코를 앞으로 돌려놓아 주어야만 신발을 꿰었고, 세숫물을 대령하고 수건을 들고 옆에 서 있어줘야 세수했다.

더구나 골프는 남성들의 전유물이었다. 골프장은 남자들만의 운동장이자 사교장이자 오락장이었다. 일반적인 금녀의 구역인 룸살롱이나 남성전용의 이발소나 마사지실에서 시중을 드는 종업원은 모두 여성이듯이, 남성전용의 골프장에서 시중을 드는 캐디는 여성이어야 했다. 어디에도 캐디는 남자여야 한다거나 여자여야 한다는 규정은 없지만, 한국의 캐디가 모두 여자라는 것은 한국의 골프장은 애초에 이브가 없는 아담들만의 낙원이었기 때문이었다.

그 후로 수동카트가 보급되었고, 조금 더 후에는 인력으로 끌지 않고 밀지 않아도 리모컨의 작동만으로 네 개의 가방을 스스로 나르는 신기한 전동 카트가 캐디들의 고역을 덜어주게 되었다. 대신에 골퍼의 캐디를 향한 측은지심의 무게도 줄었다. 골퍼 한 사람에게 붙어서 골프채를 빼주고 공이나 닦아주는 시중을 들던 캐디는 네 명의 경기를 보조하게 됨으로써 전문성을 갖추어야 살아남게 되었다. 옛날에는 골퍼가 캐디에게 육체적 노동에 대한 대가를 지급했다면, 이제는 전문적 지식에 대한 캐디피를 지급해야 한다.

PGA 경기나 LPGA 경기에 채가방을 메고 다니며 경기보조를 하는 캐디는 대부분이 건강한 남자이다. PGA 프로골퍼들이 캐디를 쓸 때 가장 심사숙고를 하는 부분은 공과 깃대까지의 거리를 정확하게 알려주는 능력이라고 한다.

골프야사에 의하면, 벤 호건은 캐디가 183야드라고 불러주는 거리를, '야냐, 182야드 같은데' 라고 중얼거리며 샷을 해서 깃대 옆에 붙었다고 한다. 그러니까 PGA 무대에서 캐디를 하려면 깃대까지의 거리를 1야드 단위로 부를 수 있어야 한다. 그래서 PGA 경기를 보조하는 캐디들은 경기가 열리기 며칠 전부터 홀로 골프코스를 살피면서 지형지물을 파악하고 거리를 계산해 둔다.

나는 대체로 주말이나 공휴일이 아닌 주중 평일에 골프라운드를 한다. 주말이나 공휴일은 그린피가 비싼 탓이기도 하지만, 주말밖에 여가가 없는 직장인들을 위해 부킹을 양보한다. 그렇지만 가끔은 주말에 라운드를 하기도 한다.

10년 전 어느 일요일에 남편과 서울근교의 퍼블릭 골프장에 갔었다. 채가방이 도착하는 순서대로 라운드를 시작하기 때문에, 밀려드는 골퍼 때문에 골프장은 그야말로 도떼기시장 같았다.

"집에서 노는 여자들은 공휴일엔 집 좀 지키지."

여성 골퍼는 모두 들으란 듯이 우렁찬 남자 목소리가 큰 소리로 지껄였다. 나는 큰 죄라도 지은 양, 될 수 있으면 남자들 눈에 띄지 않으려고 연습장으로 피했다. 달리 할 일이 없었으므로 연습장에서도 한 시간을 기다리다가 공 한 바구니를 치고 클럽하우스로 돌아왔다.

"아무래도 당신은 일요일엔 라운드 안 하는 것이 좋겠어."

막 첫 홀의 티잉 그라운드에 올라서려는데, 남편이 몹시 불쾌한 표정으로 내게 말했다.

"주말밖에 시간이 없는 당신하고 라운드하고 싶어서 따라온 거잖아."

나는 주중이건 주말이건 골프라운드를 하자면 얼씨구 춤추며 따라나서는 처지였지만 대답은 그렇게 했다.

"당신 캐디가 뭐라는 줄 알아? 오늘 재수가 없네, 남자인 줄 알았는데 채를 보니까 여자네, 이러는 말을 내가 들었어."

나는 라운드를 시작하기도 전에 불유쾌한 말을 전해주는 남편의 의도가 어디에 있는지 잠시 생각했다. 여자 손님을 맞게 되어서 재수가 없다는 캐디의 비위를 잘 맞추라는 뜻인가. 아니면 발칙한 캐디를 혼내주라는 뜻인가.

기다림에 지쳐서 나도 짜증이 나던 참이었다.

"나도 재수 없는 캐디는 밥맛 달아나니까 캐디마스터에게 고발하고 바꿔 달래야겠어."

나는 캐디마스터실로 달려갈 작정이었다.

"참어, 참어. 3시간 기다려서 겨우 나가는 판인데."

남편이 달래서 참은 것은 아니다. 특정 골퍼가 특정 캐디를 선택할 수 없듯이, 마스터가 지정해 준 캐디가 싫다면 라운드를 포기하라고 할 터였다.

그날의 라운드가 어땠는지는 말할 필요도 없다. 나는 매너 나쁜 골퍼가 되었다. 채를 잘못 골라주었느니 경사를 잘못 읽어주었느니 캐디를 타박했다. 캐디는 이 매너 나쁜 아줌마 골퍼를 어떡하면 골탕을 먹일까 궁리했을지도 모른다. 남편은 혹시 머리채를 잡을 일이라도 일어나면 어떡하나 하는 심정으로 두 여자 사이에 벌어지는 전쟁을 전전긍긍하며 지켜보고 있었다.

매너가 나쁜 골퍼가 있듯이, 골퍼의 매너만을 나무라는 덜 훈련된 캐디도 있다. 18홀 돌면서 적당히 농담 받아주고, 깃대나 뽑아주고, 공이나 닦아주고, 스코어카드 잘 적어주면서, 가끔 남성 골퍼에게 성질을 내고 삐치기도 하면서, 캐디의 임무를 다했다고 자만하는 캐디도 있다.

좋은 골퍼란 캐디에게 의존하지 않는다. 스스로 전략과 전술을 세우고, 스스로 채를 선택하여 모든 책임을 자신이 지려고 노력한다. 캐디는 골프장에 대해 전문적 지식을 갖춰야 한다. 골프장에 관한 한 비전문적인 골퍼에게 전문적인 지식과 노동력을 제공해야 한다.

캐디가 없는 라운드는 상상만으로도 힘겹다. 무거운 골프채를 운반하는 노역을 치러야 하고, 티잉 그라운드에서 그린이 보이지 않는 홀을 만나면 어느 방향으로 공을 쳐야 할지 알 수가 없다. 드넓은 그린에서 깃발의 색깔만으로 핀의 위치를 정확히 알 수도 없다. 그린의 경사에 대해서도 고개를 갸웃하는 일이 빈번하리라. 아마도 불편을 해결해 줄 캐디가 그리울 것이다.

결혼생활의 장단점이 있듯이 독신생활의 장단점도 있다. 천생연분으로 엮어져 백년을 행복하게 해로하는 부부가 있고, 지독한 악연으로 만나 잡음이 끊이지 않는 부부가 있다. 천생연분 같은 배우자나 캐디를 만난다면 얼마나 좋겠는가. 누이 좋고 매부 좋고 아니겠는가.

요즈음은 가끔 남성 캐디를 만나기도 한다. 여성 캐디에게 익숙해 있는 남성 골퍼들이 남성 캐디의 등장에 어떤 반응을 보이는지 궁금하다. 나에게 똑같은 수준의 전문적 지식과 소양을 가지고 있는 남녀 캐디 둘 중에서 하나를 고르라고 한다면, 기왕이면 다홍치마라고 여성보다는 남성을 고르겠다. 나는 여성의 목소리보다 남성의 목소리가 더 감미롭게 느껴지고, 좋아하는 배우를 꼽으라고 한다면 남자 배우부터 떠올리는 여자이므로.

커네디 대통령 식 골프

자신이 배달해야 할 우편물을 땅속에 묻어버리고 골프라운드를 한 집배원이 해고되었다는 해외토픽을 보았다.

나는 그 기사를 읽으면서 두 가지 생각을 했다. 하나는 사건을 토픽화한 신문사의 저의가 무엇인가 궁금했고, 다른 하나는 진정한 골프마니아가 바로 그 집배원이라고 생각했다.

골프에서, 100타대의 기록을 가진 사람은 골프를 소홀히 하는 사람이고, 90타대의 아마추어 골퍼는 일을 홀대하는 사람이고 80타대의 골퍼는 가정을 버리다시피 한 사람이고, 70타대의 골퍼는 골프 이외의 모든 것을 팽개친 사람이라는 말이 있다. 그 말이 맞는다면, 그 집배원은 에누리없는 싱글핸디캡 골퍼일 것이다.

집배원은 직무유기자임에는 틀림이 없다. 그러나 눈을 들

어 세상을 보라. 어디 직무유기를 하는 사람이 그 집배원뿐이
던가. 직무유기 사건만으로 지면을 채우기로 든다면, 기사는
넘치고 넘친다. 근무시간에 빠져나와 애인과 즐긴 사람이나,
고스톱을 친 사람이나, 사우나에서 마사지를 받으며 낮잠을
잔 사람도 역시 엄연한 직무유기를 했음에도 왜 하필이면 골
프를 한 사람만이 토픽에 올라야 하는가.

태풍이 전 국토를 강타하고 있을 때, 대통령이 조깅을 했다
거나, 코미디 영화를 감상했다거나, 피곤함에 지쳐 책상에 엎
드려 깜빡 잠이 들었었다면, 국민들은 대통령을 비난할까. 아
마도 피가 되고 살이 되는 보약 같은 시간을 가졌다고 칭찬을
할 것이다. 그러나 해일이 어선을 부수고, 강풍에 송전탑이
망가져서 국민 모두가 수해복구를 위해 너나 할 것 없이 팔
걷어붙이고 나서야 하는 비상사태에 대통령이 골프라운드를
했다면 틀림없이 비난의 화살을 맞아서 온몸이 벌집이 되었
으리라.

얼마 전, 고향 동창생들과의 골프라운드가 있었다. 다른 동
창모임이 다 그렇듯이, 고향을 떠나 서울에 올라와 있는 동창
생들의 친목을 다지는 모임이다. 그 모임에는 사업을 하는 친
구도 있고, 공직에 있는 친구도 있고, 백수도 있고, 정치인도
있다.

성택 씨는 정치인이다.

총무를 맡은 내가 그에게 월례회 모임을 기별하는 전화를 했다.

"기억하고 있죠? 이번 주 수요일, 오전 8시 30분요. 8시에 클럽하우스에서 만나요."

그가 골프모임을 잊을 리는 없었으므로, 나는 간단하게 재확인만을 시켜주고 전화를 끊으려했다. 갑자기 전화선 저편에서 한숨을 푹푹 내쉬는 소리가 들려왔다.

"또 무슨 일이 있어요?"

지난 고향 동창들과의 월례 골프모임이 있었던 날은 겨우 태풍이 지나가고 한숨을 돌리고 있었던 시기였었다. 그는 골프장 근처까지 왔다가 주위의 눈이 무서워서 동창생들이 라운드를 하는 다섯 시간 동안 산 아래에 있는 음식점 골방에서 기다렸다.

"문제가 하나 둘인가, 이라크에서 한국인이 다쳐도 운신에 지장이 있고, 미국에서 광우병이 발생해도……"

그렇게 말하는 그의 머릿속에는 푸른 초원이 펼쳐지고 있다. 오랜 벗들과 허심탄회한 대화를 나누며 맑은 공기를 마시고 환한 햇빛을 받으며 힘차게 골프채를 휘저어 골치 아픈 짐들을 창공에 날려 보내고 있다.

"참 조류독감 때문에 닭들이 다 죽었다죠?"

다 팽개치고 머리도 식힐 겸 잔디 위를 걸어보라고 권하고 싶었지만, 친구 된 도리가 혀를 꾸짖었다.

"일정에 없던, 양계농장들을 돌아봐야 해요."

그의 어조에는 체념이 짙게 깔려 있다.

"참네, 성택 씨가 간다고 죽은 닭이 꼬꼬댁 하며 살아난답디까?"

나는 볼멘소리로 투덜거렸지만, 그를 들로 끌어낼 묘안이 떠오르지 않았다.

"멀리건의 유래를 알죠?"

전화를 끊으려는데 그가 말꼬리를 잡아챘다. '멀리건'이라는 말은 골프장 이외에서는 사용하지 않는 단어이다. 뜬금없는 멀리건이 여기서 왜 튀어나온담.

"알죠. 멀리건이라는 사람을 포함한 혈맹동지 4인방이 전천후로 골프라운드를 했는데, 이 친구가 죽어서 셋이 남게 되었다죠. 그래서 동지들은 멀리건과 함께 라운드한다는 생각으로, 죽은 멀리건을 그리며 홀마다 공을 하나씩 더 쳤다는 유래 말이죠?"

그렇게 뜻풀이를 하는 동안 그가 무슨 연유로 멀리건 운운하는지 감이 왔다.

"친구들에게 마음은 늘 친구와 골프와 함께한다고 전해주세요. 홀마다 공을 하나씩 더 치면서 그 공은 내가 친 공이라고 여겨주라고요."

그의 우울한 목소리가 전화선 저편에서 잦아들었다.

대통령의 행적을 보도하는 신문에는, 대통령이 첫 티잉 그라운드에서 티샷 하는 사진만 실려 있다. 처음엔 그런 사진을 보며, 대통령은 드라이버만 멋지게 칠 줄 아는 골퍼라고 짐작했다. 그러다가 실타를 범하는 사진을 실었다가는 대통령의 권위에 손상을 주기 때문에 다른 사진은 당연히 못 찍게 한다고 믿었다. 그러다가 대통령의 신변을 보호해야 하는 경호원들이 사진기자를 포함한 구경꾼들의 입장을 금지하기 때문에, 벙커에서 멋지게 탈출하는 모습이나 버디퍼트를 성공하고 환호하는 대통령의 모습을 기자들이 필름에 담지 못함을 알게 되었다.

골프 마니아들은 한 번이라도 더 골프코스를 밟기 위해 꼼수를 쓴다. 나도 특별하지는 않지만 비법을 썼었다. 나는 일주일에 두 번 정도 라운드를 했는데, 한번은 당당하게 내 이름을 적고 골프장에 입장했지만, 다른 한번은 골프백에 가명의 명찰을 달고 가명으로 입장을 했었다. 시간은 없는데 쓸 원고는 태산이라고 징징거리면서도, 생활비를 줄여야 한다고 가족에게 긴축을 명령하면서도, 제사상을 차리러 시댁에 가야 하는데 몸이 불편해서 늦겠다고 거짓 핑계를 대면서도, 시간을 쪼개고 생활비를 아껴서 아무도 몰래 골프장으로 내달았다.

야사에 의하면, 미국의 케네디 대통령은 골프에 대해 어느 다른 대통령들보다 열정을 가지고 있었는데, 대통령에 당선될 때까지는 평생을 간직해온 골프와의 '밀애'를 유권자들에게 들키지 않는 데 성공했다. 당선 후에 국민들이 골프에 대한 케네디의 열정에 대해 서서히 알게 되었지만, 그는 끝까지 자신이 가장 즐기는 스포츠에 대한 애정을 완전히 공개하지는 않았다.

케네디 대통령은 18홀 즉, 코스 전체를 다 도는 일은 거의 없었다고 한다. 90분이나 두 시간 동안 다섯이나 일곱 혹은 열한 개의 홀을 돌았고, 구경꾼이나 사진사가 쉽게 접근할 수 있는 홀은 피했다. 대개 제한된 경호원과 동반자 한 사람 정도와 은밀하게 골프를 즐기고는 했다. 그는 첫 홀이 아닌 7번 홀이나 8번 홀쯤에서 경기를 시작해서 대게 15번 홀이나 16번 홀에서 경기를 마치고는 했다. 장거리 렌즈로 무장한 사진 기자들과 공화당원이 태반인 회원들로 붐비는 클럽하우스에서 가까운 1번, 9번, 10번 그리고 18번 홀은 공을 치지 않고 건너뛰었다.

그날 우리는 모두 성택 씨를 생각하며 멀리건을 한 개씩 쳤다. 하루의 임무를 마치고 우리의 19홀인 저녁 식사 시간에 참석한 그에게 나는 구경꾼이나 심지어는 가족에게도 들키지 않고 라운드를 할 수 있는 묘수를 알려줬다.

"케네디 대통령이 썼던 방법으로 골프를 해봐요. 우선 골프 백에는 가짜 명찰을 달고, 얼굴을 알아보는 사람을 마주칠지도 모르는 클럽하우스는 거치지 말고 두 번째 홀에서부터 시작해서 마지막 전 홀에서 끝내는 거예요. 아무리 여론이 무서워도, 하고 싶은 운동은 하고 살아야 하지 않겠어요?"

어둠이 깔리는 창밖 골프장 쪽을 응시하는 그의 눈동자에 깃대 하나가 외로이 서 있다.

꿈속의 니콜라스

다음 달에 이사를 한다. 낡고 구형인 텔레비전도 개비를 하고, 내 작업용 컴퓨터를 얻어 쓰는 남편에게도 전용 컴퓨터를 한 대 안겨줘야겠다. 그래서 시장 조사를 할 목적으로 용산역사에 새로 입점한 전자상가를 찾았다.

진열된 텔레비전 화면에서는 니콜라스 케이지가 방한했다는 내용의 뉴스가 흘러나오고 있었다. 니콜라스 케이지는 한국여자와 결혼하면서 한국인들에게 친숙하게 다가온 미국의 스타이다.

니콜라스 케이지가 딸아이 또래의 한국여자하고 결혼을 한다는 소문이 날아다닐 즈음 딸아이가 내게 물었다.

"만약에 내가 니콜라스 케이지 같은 사람하고 결혼을 한다면, 엄마는 허락을 하겠어?"

딸아이는 미국에서 십여 년을 공부했다. 그래서 상당히 미국화되어 있다. 그러나 미국인 친구는 한 명도 없다. 아니 한국인이자 미국인인 친구는 제법 있다.

"장모하고 의사소통도 안 되는 사위……. 글쎄다."

아무리 만약이라는 단서가 붙더라도, 문화가 다른 이민족이라는 점이 걸림돌이었고, 나이 차가 너무 많이 난다는 점도 걸렸다.

"그런 사람하고 결혼하면, 엄마가 사위보고 싶다고 하면 전용비행기 보내줄 텐데도? 그리고 세계적인 스타잖아."

딸아이도 아카데미상을 받은 세계적인 미국 영화배우가 현실에서 손에 쥐어질 가능성이 있다고 생각하지 못했었다. 그러다가 그런 스타가 같은 또래의 한국여자와 결혼을 함으로써 스크린의 허상으로 빛을 뿜는 존재가 아닌 현실의 실상으로 손에 닿을 수 있는 존재라고 생각하게 되었나 보다.

"잘살 수 있을까?"

"살다가 못살고 이혼을 한다고 해도 삼 대가 먹고살 위자료가 나오잖아."

그런 얘기를 딸과 농담처럼 주고받았다.

남편과의 모처럼 외출인데 그냥 들어오기가 아쉬워서 극장 쪽으로 발길을 돌렸다. 오후 네 시 즈음이었다. 극장 매표소

위쪽에 걸린 모니터에 영화의 제목과 상영 시간과 남은 좌석 수가 뜨고 있었다. 영화 관람권 발권대기자가 100명이었다. 그곳에서 니콜라스 케이지가 자신이 주연한 영화 〈내셔널 트레저〉를 홍보하고자 내한했음을 알았다. 하지만 니콜라스가 주연한 영화는 개봉하기 전이었다. 다음으로 내가 보고 싶은 영화가 〈오페라의 유령〉이었다. 순서를 기다리는 동안 〈오페라의 유령〉의 잔여석은 자꾸 줄어들고 있었다. 전광판에 내가 가진 번호표의 번호가 떴을 때, 모니터에 나타난 오페라의 유령 잔여석은 6석이었다. 나는 커다랗게 〈오페라의 유령〉이라고 외치며 매표원 앞에 섰다.

"15시 50분 상영 〈오페라의 유령〉은 지금 막 마감되었습니다."

매표원이 차갑게 말했다. 바로 관람할 수 있는 영화를 택할까 하다가 2시간 남짓 기다려야 하는 18시 45분에 상영하는 〈오페라의 유령〉 입장권을 구입했다.

2시간 동안 무엇을 한다. 남편은, 용산 역사는 2시간까지가 무료주차이고 영화관람자에게 3시간 무료 주차증을 주니까 주차비를 절약할 겸 자동차를 역사 밖으로 뺐다가 다시 들어오자고 했다.

"그렇게 주자비 내는 것이 억울하면 택시를 타고 오지. 쩨

쩨하게 굴지 말고 이른 저녁이나 먹어요."

"혼자 먹어. 난 이따가 차 빼서 주차비 안내는 동네에서 국밥이나 한 그릇 먹을 테니."

"보쇼, 서방님. 내가 배고파서 그러는 줄 알아? 모처럼의 외출인데 당신하고 맛난 거 먹으면서 좋은 시간 보내려고 그러지."

"그랬어? 그럼 그러지 뭐."

그래서 음식점에 들어갔다. 돈가스 하나 맥주 두 병을 시켰다. 좀 느긋하게 앉아있을 작정이었는데 좌석이 나기를 기다리며 음식점 입구에서 서성이는 사람들의 눈치가 보였다. 맥주도 바닥났으므로 건물 밖 광장으로 나왔다.

광장에서는 공사가 한창이었다. 작업복을 입은 사람들이 뚝딱거리며 광장 한가운데 있는 무대를 장식하고 있었다. 기술자들은 마이크 상태를 시험하기도 하고, 불을 껐다 켰다 하며 조명등의 상태를 시험하기도 했다. 무대 위의 아치는 풍선 장식이 이미 끝났고, 인부들이 부산하게 건물 입구에서 무대에 이르는 길에 붉은 카펫을 깔고 있었다. 사람의 시선이 닿을만한 높은 곳에는 대형 현수막이 걸렸는데 현수막 속에는 니콜라스 케이지가 있었다. 젊은 사람들은 아이스크림을 빨거나 커피를 마시며 소란스럽게 진행되는 공사현장을 구경하고 있었다. 두꺼운 점퍼를 입고 귀에 리시버를 꽂은 남자가 음향기기인 듯한 기계를 만지고 있었다. 나는 그에게 다가가서 물었다.

"여기 관계자예요? 니콜라스 케이지가 한국에 왔다는데, 여기 옵니까?"

"내일 영화 시사회에 옵니다."

"몇 시에요?"

"여섯 시에요."

"내일 여기 오면 니콜라스 케이지 볼 수 있나요?"

"초청장 가진 사람만 입장하는데 초청장은 이미 다 발송했어요."

나 같은 나이 들고 촌스러운 아줌마는 니콜라스 케이지가 나오는 영화하고는, 더구나 그런 영화의 시사회하고는 아무 연관도 없음을 확신한 듯 빨리 비키라는 손사래를 쳐서 나를 쫓아냈다.

내가 무어라 할 말이 있겠는가. 나는 조용히 남편의 팔짱을 끼고 그곳을 물러나서 〈오페라의 유령〉을 감상하고 왔다.

그런데 묘하게도 꿈에 니콜라스 케이지를 만났다.

나는 미국 배우 리처드 기어를 꿈속에서 자주 보았는데, 실제로 보기도 했다. 한국인인 내가 미국인인 리처드 기어를 몽골에서 우연히 만났다. 내가 친구들에게 리처드 기어를 만났다고 하면 아무도 안 믿는다. 꿈을 꾸었다고 한다. 나도 꿈만 같지만 현실에서 분명 그를 보았다.

몇 년 전에 가족과 몽골로 여행을 갔었다. 울란바토르에서 사원을 관광하는데, 내가 들어왔던 문으로 대여섯 명의 서양 남자들이 검은 코트를 바람에 날리며 들어왔다. 나는 다리쉼을 하던 참이었다. 움직이는 검은 물체를 무심히 바라보다가 전날 관광안내원이 리처드 기어가 몽골에 왔다고 알려주던 말을 기억해 냈다. 순간 검은 코트의 남자들이 리처드 기어의 일행임을 알았다. 리처드 기어가 수행원들과 함께 내 곁으로 다가왔다가 멀어져 갈 때까지 나는 다만 목을 빼고 바라봤을 뿐이다. 그날 밤 나와 가족이 묵는 호텔에서 리처드 기어도 묵었다. 몽골의 텔레비전과 신문에 티베트의 종교에 심취한 리처드 기어가 종교지도자를 만나고 사원을 둘러봤다는 사진과 기사가 크게 실렸다.

내가 참으로 존재하는가 하는 의문에 명쾌한 답을 못 내리게 하는 요소는 꿈이다. 꿈에서도 생시와 마찬가지로 오감으로 느끼기 때문에, 꿈에서 깨지만 않는다면 꿈도 현실과 다를 바가 없다. 물론 꿈에서 깨어나 이런 기록을 남기고는 있지만, 이 또한 꿈이 아니라고 장담할 수는 없다. 그렇다면 현재 내가 존재한다고 느끼는 세상이 현실인지 꿈인지 꿈속의 꿈인지도 역시 알 수 없다.

나는 니콜라스 케이지를 만났다. 리처드 기어를 만났던 것처럼 절대자의 시점으로 보면 필연적인 만남이겠지만, 그것을 알 능력이 없는 내게는 우연한 만남이었다.

무대는 엘에이에서 역이민을 온 내 친구가 경영하는 전라도에 있는 농장이다. 농장의 여주인이 미국으로 시집을 갔다가 남편과 함께 돌아왔는데, 그녀가 내게 남편과 자기의 일생을 자서전으로 써달라는 부탁을 해 와서, 나는 그녀를 인터뷰하러 내려와 있었다.

농장 안에는 게스트 하우스로 쓰이는 별채가 있고 한국인 아내를 둔 니콜라스 케이지는 한국식 온돌이 깔린 방에서 하룻밤이라도 지내고 싶어서 이 별장에 묵는다. 니콜라스가 이곳에 내려온 까닭은 부인인 엘리스 킴의 조상 묘에 참배하러 왔다는 소문도 있고, 극비에 추진하는 프로젝트가 이곳과 농장 주인과 연관이 있다고도 한다. 나는 농장 여주인의 주선으로 니콜라스와 마주 앉는다. 그녀는 그에게 내가 한국에서 아주 유명한 작가이며 골프칼럼니스트라고 소개를 한다. 그는 내게 지금 당장 골프라운드를 하자고 한다. 와인도 한잔 걸친 우리는 골프공 몇 개와 골프채 몇 자루씩을 들고 농장의 뜰로 나온다. 적막한 하늘에는 푸른 달이 떠있다. 푸른 달이 흰 달빛을 쏟아내고 있다. 나뭇가지의 그림자가 기괴하게 흔들리고 있다. 골프공인 줄 알고 쳤더니 과즙이 터지며 과일향이 밤공기 속으로 분수처럼 퍼져 나간다. 웃음 또한 폭죽처럼 터진다. 웃음소리에 놀란 새들이 푸드득 깃을 턴다. 아, 골프공은 러프에 숨어있었구나. 피칭웨지로 살그머니 굴려서 빼낸다. 구르는 모양이 이상하다. 살그머니 집어 본다. 달걀이다.

"프라이팬 달구어졌는데, 달걀 들고 제사지내시나?"

누군가 뒤쪽에서 허리를 감는 손길에 문득 정신을 차린다. 남편이 목덜미에 입술을 찍고 있다. 면도를 하고 로션을 바른 남편의 몸에서 과일향이 풍긴다.

내가 언제 잠에서 깨어났던가. 언제 프라이팬을 달구었고 냉장고에서 달걀을 꺼냈던가. 골프공은 어디 갔나. 아니, 니콜라스 케이지는 어디로 갔단 말인가. 아니, 나는 어디에 있단 말인가.

제4장

가장 중요한 샷은 다음 샷

너 참외배꼽 내놓고 쳤어

🚩

　미정이는 골프를 그만두고 싶어도 여태껏 사 모은 의상이 아까워서 그만둘 수 없다고 한다. 10년 넘게 골프를 하다 보니, 옷장 서랍에 쌓인 티셔츠만도 30장이 넘는다. 미정이와 나의 다른 점은, 그녀는 옷이 낡지 않았어도 계속해서 골프 의상을 사들이고, 나는 낡아서 넝마가 될 때까지 입는다는 점이다. 나는 골프를 시작하면서 라운드에 필요한 의상과 신발과 소품들을 한꺼번에 장만했다. 상의와 하의의 질감과 색을 조화시키려고, 모자와 장갑과 양말의 색을 같은 계열로 맞추려고, 각양각색의 골프 의상과 소품들을 사들였다. 그렇게 모아놓은 옷들을 10년이 넘게 입고 있다. 10년 동안 체형이 변하지 않았고, 질이 좋은 감으로 만들어진 옷을 구입했더니 햇빛에도 바래지 않았고 땀에도 삭지 않았다. 그러나 그렇게 장구한 세월을 한 번 장만한 옷으로 버틸 수 있는 진짜 이유는, 골프 의상은 거의 유행의 변화를 안탔기 때문이다. 또, 골프 의상은 라운드 할 때만 입었지, 외출복으로는 입지 않아서 심하게 낡을 이유가 없었다.

나는 텔레비전으로 중계되는 골프경기를 자주 본다. 누가 우승을 하는지, 상금이 얼마인지에 가장 초점을 맞추고, 다음으로 누가 어떻게 경기를 이끌어 가는지, 벙커샷은 어떻게 하고 위기를 어떻게 탈출하는지, 골프장은 얼마나 잘 가꾸어졌는지 등을 집중하여 시청한다. 의상보다는 어떤 상표의 골프채와 골프공을 쓰는지에 관심을 둔다. 여성골퍼의 얼굴보다는 팔이나 다리의 근육에 더 눈이 쏠린다. 멋진 근육은 프로골퍼가 되기 위한 필요조건이지만, 의상과 골프실력과는 아무 상관이 없다. 안시현이 배꼽티를 입고, 박지은의 몸에 착 달라붙어서 몸의 곡선을 보여주는 스판덱스 소재의 바지를 입는 사실은 경기가 끝나고 신문에 난 그녀들의 사진에서 알았다.

2003년 11월, 제주 나인브릿지 골프장에서 열린 미국여자 프로골프경기에서, 한국의 안시현이 세계여자골프의 쟁쟁한 스타들을 제치며 우승을 했다. 각 방송사는 우승 퍼트를 마치고 그린에서 환호하는 그녀의 모습을 고정화면으로 방출했다. 텔레비전에 바탕화면처럼 깔린 그녀의 얼굴은 참 예뻤다.

그녀의 얼굴도 예뻤지만, 그녀가 입고 입던 분홍색 의상이 특히 예뻤다. 예쁜 것을 추종하는 여성의 심리에 힘입어서인지 안시현이 우승할 때 입었던 분홍색 의상은 우승 다음날로 재고까지 동났다고 한다.

뚱뚱한 아줌마인 미정이까지 문제의 분홍색 티셔츠를 사 입고 골프장에 나타났다.

밝은 꽃분홍색 상의 때문에 더욱 비대해 보이는 미정이에게 내가 빈정댔다.

"숭어가 뛰니까 망둥이도 뛰는구나. 얘, 젊은 애들에게나 어울리는 배꼽티가 배둘레햄이 켜켜로 앉은 중년에게도 어울리는 줄 아니? 안시현이가 입는 옷 입었다고 안시현이처럼 골프를 잘하게 될 것도 아닌데."

그녀는 골반에 가까스로 걸쳐지는 바지를 입고 있었는데, 티를 꼽느라 허리를 구부리니까 허리 아래의 척추까지 바지 밖으로 도드라져 나왔고, 스윙 도중에는 상의가 커튼처럼 펄럭거리니까 배꼽이며 허리 주위의 삼겹살이 우쭐우쭐 춤을 추며 몰려나왔다.

"골프가 얼마나 정신적인 운동인지 몰라서 그러니? 유니폼은 동질의식을 심어주잖아. 필드에 나올 때마다 내가 안시현이 된 기분이야. 공이야 당연히 잘 맞지. 그리고 요즘엔 너처럼 고색창연한 옷은 안 입어."

그녀의 말을 듣고 주위를 둘러보니 한 친구는 몸에 착 달라붙는 소재의 밑 위 길이가 짧은 바지를 입었고, 다른 친구는 운동복처럼 다리와 옆구리와 어깨선에 줄이 처진 옷을 걸치고 있었다. 갑자기 내 차림이 촌스러워졌다. 내가 모르는 사이 골프 의상에도 많은 변화가 있었다.

나는 유행에는 둔감하지만, 마스코트랄까 징크스 같은 미신에서는 그리 자유롭지는 못하다.

나는 OB맥주를 마시지 않는다. 왠지 OB맥주를 마시면 라운드를 할 때 OB를 낼 듯한 예감이 든다. 양주는 딤플을 골라 마신다. 골프공처럼 딤플이 있는 '딤플'을 마셔야만 딤플의 방향성과 부양성에 대해서 깨우치고 골프를 잘할 듯한 자신감이 든다. 볼에 딤플(보조개)이 있는 여자가 탄성이 좋다는 소리도 딤플을 마시면서 듣게 되었고, 탄성이 좋은 여자가 되기위하여 거울을 바라보며 볼에 보조개를 짓는 연습도 했다.

천재 골퍼 타이거 우즈는 마지막 날 라운드엔 항상 붉은색 상의를 입는다. 어머니가 점성술사에게서 들은 우승의 비책을 실천하는 것이라고 한다. 그린의 검객이란 애칭으로 불리는 시니어 투어의 치치 로드리게스는, 우승의 상징인 그린재킷에 대한 열망으로 마지막 날 라운드에는 항상 녹색 옷을 입는다.

그런 미신이나 정신적인 운동 운운하지 않더라도, 엉덩이의 곡선이 그대로 드러나도록 몸에 착 달라붙는 바지가 유행의 한복판을 강타하고 있는데 혼자서 중뿔나게 헐렁한 바지를 입음은 미니스커트가 유행을 하는데 혼자서 치마저고리를 입음과 같지 않은가.

나는 유행을 따른다기보다는, 오로지 공을 잘 쳐보겠다는 일념으로, 안시현이 입었던, 하의 속으로 집어넣어지지 않을 만큼 길이가 짧은 상의를 사서 입고 라운드에 임했다.

바람이 불 때마다 나부끼는 옷자락 사이로 찬바람이 들어와서 배탈이 나지 않나 불안했고, 누군가가 아줌마 주책이 극에 달했다고 흉을 보지 않나 더욱 불안했다.

내가 티잉 그라운드에서 티샷을 날렸다.

"얘, 너 배꼽 내놓고 쳤어."

강한 바람이 치맛자락이랑 상의 자락을 범선의 돛처럼 부풀려서 스윙이 흔들리기는 했지만 공은 바르게 멀리 날아가고 있는데, 미정이의 빈정거리는 목소리가 들렸다.

티잉 그라운드는 골퍼가 경기할 홀의 출발장소를 이른다. 2개의 티마커를 잇는 가로선을 전면으로 하고, 이 가로선과 두 클럽 길이의 세로 선으로 이루어진 직사각형 구역을 말한다.

'배꼽을 내놓고 쳤다'는 속어는 골퍼가 두 개의 티마커를 잇는 선보다 앞쪽에 공을 놓고 티샷을 했을 때 하는 말이고, 벌타를 먹고 공을 다시 쳐야 한다는 뜻이기도 하다.

나는 자신있게 단언하거니와, 배꼽을 내놓은 실수를 하지 않았다. 언제나 티마커를 잇는 선에서 뒤쪽으로 한두 뼘쯤 들어간 곳에 티를 꽂고 편한 마음으로 채를 휘둘렀다.

"아냐, 너 이리 올라와서 확인해 봐. 배꼽이 나오기는커녕 한 발은 들어갔잖아."

내가 무죄임을 증명해야 하므로, 동반자들을 다 티잉 그라운드로 불러올려서 티가 꽂혔던 자리를 보여줄 심산이었다. 내가 허리에 한 손을 처억 얹고 뒤를 돌아보았을 때, 그들은 없었다. 내가 배꼽을 내놓았다면, 동반자는 다시 한 번 티샷을 할 때까지 기다려 줘야 할 터인데도, 그들은 뒤도 안 돌아보고 앞서 걷고 있었다. 나는 티잉 그라운드에서 내려오지 못하고 제3타의 공을 쳐야 하나 말아야 하나 망설였다.

"너, 나 배꼽티 입었다고 흉봤지? 너야말로 진짜 물렁물렁한 배랑 배꼽을 내놓고 쳤어. 니 배꼽 참외배꼽이라고 소문낼 거야."

페어웨이 백 미터쯤 앞에서 두 번째 샷을 준비하던 미정이가 골프장 전체에 울려 퍼질 만큼 크게 외쳤다.

내 사랑 3번 아이언

골프라운드를 하다 보면 진행이 느린 앞 조 때문에 열 받는 경우가 왕왕 있다.

"지금 두 개째의 공을 치는 여자. 저런 차림이면 7번 아이언과 5번 아이언의 거리가 같을 거야. 평균타수는 110개나 120개."

"맞아요."

캐디가 맞장구를 쳤다. 캐디경력이 제법 만만찮아 보이는 그녀도 알고 있다. 회원제 골프장에서 바지 위로 티셔츠를 꺼내 입는 골퍼는 골프실력도 그 수준임을.

"그러시는 사모님은 장비만 봐서는 싱글핸디캐퍼이신데요."

캐디가 내 가방 속의 골프채들을 다시 점검해보고 지나온

홀의 점수를 헤아리며 혼잣말처럼 중얼거렸다.

"그게 바로 내 함정이지. 어렸을 때는 어른들이 날더러 참 똑똑하게 생겼는데 하는 짓은 아니라고 했고, 골프를 하면서는 장비는 싱글인데 실력은 물이라고 하지."

골퍼의 옷차림이나 장비만으로 핸디캡을 짐작할 수 있다.

오른손등과 왼손등의 피부 색깔이 현저하게 다르고, 채 가방 속에 웨지가 3개 이상 들어있고, 험악하게 낡은 3번 아이언을 가지고 다니는 골퍼는 분명 싱글핸디캐퍼라고 한다.

나는 양손에 장갑을 착용하므로 두 손의 피부색은 다르지 않지만, 샌드웨지와 피칭웨지와 칩퍼와 역전용사보다 더 상처투성이 얼굴의 3번 아이언을 가지고 다닌다.

누구나 7번 아이언으로 골프를 시작한다. 내가 처음 만난 골프채도 7번 아이언이었다. 그 다음이 5번 아이언이었다.

연습장에 한 달쯤 출근했을 당시 7번 아이언과 5번 아이언의 비거리는 똑같았다. 7번 아이언으로는 클럽 헤드의 중심부로 공을 가격했을 것이고, 5번 아이언은 아무래도 서툴렀다.

드라이버를 비롯한 페어웨이우드도 몇 번인가 연습을 하고 머리를 올리러 필드로 나갔다.

우드로 친 공은 날지 않았다. 채를 힘껏 휘둘렀는데도 공은 얌전하게 제자리를 지키고는 했다. 또는 마당처럼 너른 왼쪽

풀밭을 향해 채를 휘두르면 공은 얼토당토않은 오른쪽 숲으로 날아가 버리고는 했다.

아웃코스에서는 잔디가 좋은 페어웨이는 버려두고 티잉 그라운드와 러프와 그린만을 밟았다. 인코스에서는 주단을 펼쳐놓은 것 같은 페어웨이의 잔디를 밟기 위해 7번 아이언과 퍼터만 썼다.

100타 기록을 깬 날도 아이언만으로 라운드를 했다. 파3홀을 제외한 모든 홀에서 3번 아이언으로 티샷과 두 번째 샷을 했다.

"희한하단 말이야. 어떻게 3번 아이언으로 티샷을 하지?"

시원스레 시야가 트여서 일발장타를 호쾌하게 날려보고 싶은 파5홀에서 아이언을 빼들고 티잉 그라운드에 오르는 나를 보고 동반자들은 고개를 갸웃거리고는 했다. 남들이 무어라 하든지 말든지 나는 편하게 칠 수 있는 채, 실수가 적은 채를 사랑했다.

드라이버와 페어웨이 우드를 사용하게 된 것은 비거리에 욕심이 생기면서부터였다. 우드와 가까워지려고 열심히 노력했다. 그러나 애초에 도끼처럼 찍는 아이언 타법을 익힌 탓인지, 빗자루처럼 쓸어야 하는 우드와는 좀체 친해지지 않았다.

대신에 나는 다른 여성골퍼들보다 3번 아이언을 비롯한 다른 아이언을 능란하게 치게 되었다. 10년이 넘는 구력을 쌓으면서 어찌 우드를 사용하지 않았을까마는, 내 채가방 속의 3번 우드는 아직도 신품처럼 반짝반짝 빛이 난다.

내게는 해당이 안 되는 말이지만, 3번 아이언이 얼마나 골퍼들의 속을 썩이는지는 세간에 돌아다니는 우스갯소리들만 들어봐도 알 수 있다.

머리에 피를 흘리며 기절한 여자가 구급차에 실려 병원응급실에 왔다. 의사가 환자를 살펴보니 두개골 안에 골프공이 박혀있었다. 여자는 수술도 받기 전에 절명했다. 같이 라운드를 했다는, 여자의 남편이 헐레벌떡 뒤따라 들어왔다.

"어떻게 되었습니까?"

"두개골이 파열되었습니다. 안타깝게도 손을 쓸 수가 없었습니다. 삼가 조의를 표합니다."

의사의 말을 들은 사내는 잠깐 슬픔에 젖는 듯하더니 의사에게 다시 물었다.

"그럼 공은 찾은 거죠? 로스트 볼은 두 벌타를 먹잖아요."

"물론이죠. 저도 그 정도의 상식은 있습니다."

의사는 주머니에서, 여자의 머릿속에서 빼낸 공을 주인에게 돌려주었다.

"그런데 좀 이상한 일이 있어요. 부인의 허리 부근에도 골프공이 박혀 있던데……."

의사는 주머니에서 골프공 하나를 더 꺼냈다.

"아하 그거요? 잠정구였습니다. 명중을 했는지 안 했는지 알 수가 없어서 하나 더 쳤습니다."

병실을 나가려는 사내를 의사가 붙들었다.

"저어, 몇 번 채로 쳤죠?"

"3번 아이언이죠."

"대단한 실력입니다. 3번 아이언을 자유자제로 사용하시다니. 핸디캡이 얼마나 되십니까."

"싱글핸디캐퍼입니다."

남자는 뽐내듯이 말했다.

"부럽습니다. 저는 언제 3번 아이언으로 목표물을 명중시킬 수 있을까요. 5번 아이언으로 몇 번 시도를 해봤지만 매번 실패만 했습니다."

"열심히 노력하면 성과를 거둘 날이 있습니다. 저는 빨리 골프장으로 돌아가서 로스트볼이 아님을 동반자들에게 증명하고 남은 홀을 마저 돌아야죠."

사내는 인사도 하는 둥 마는 둥, 황망히 온 길을 되짚어 가버렸다.

다른 일화도 있다.

술만 취했다 하면 골프채로 때린다며 아내가 남편을 고소했다. 부부는 나란히 법정의 판사 앞에 섰다.

"남편인 김철수 씨가 휘두르는 골프채에 맞아서 전치 8주의 중상을 입었단 말이죠? 몇 번 채였습니까?"

머리에 붕대를 감은 여자에게 판사가 물었다.

"진단서와 골프채를 증거물로 가져왔습니다. 3번 아이언입니다."

잇새로 흘러나오는 신음을 참으며 여자가 대답했다.

"김철수 씨에게 묻겠습니다. 정말로 당신은 3번 아이언으로 아내를 때렸나요? 아니, 그것보다도 당신의 핸디는 얼마나 됩니까?"

판사가 남자를 향해서 물었다.

"술에 취해서 기억이 나지 않습니다만 골프채로 아내를 때리지는 않았어요. 그리고 저야 뭐, 겨우 보기플레이나 합니다."

남자는 중언부언했다.

"이영희 씨에게 묻겠습니다. 남편의 골프실력이 그 정도임을 인정합니까?"

"맞습니다. 해가 있는 시간은 골프장에서 살지만 실력은 고작 그뿐이죠. 제가 날마다 스코어카드를 확인했습니다."

여자는 남편의 실력을 비웃으며 의기양양하게 답변을 날

렸다.

"그렇다면 아내인 이영희 씨가 거짓말을 하고 있군요. 보기 플레이어는 3번 아이언으로 목표물을 정확하게 가격하지 못합니다. 남편의 폭행을 인정할 수 없습니다."

이런 우스갯소리들을 듣고 옮기면서 나는 늘 회의에 젖는다.

"나는 3번 아이언이 사랑스럽기만 하드만, 남들은 왜 미워하지?"

죽어도 좋아

골프를 한 달이나 쉬었더니 체중이 족히 5킬로그램은 늘었을 것이라며 제발 라운드 한번 하자는 경희의 전화가 왔다. 전화를 받는 순간 나는 인터넷이 연결된 컴퓨터 앞에서 작업을 하고 있었다.

"잠깐 기다려봐."

전화기를 귀에 댄 채 골프 부킹사이트에 접속했다.

"12월 26일 10시 44분이 있다. 갈래?"

"가야지잉."

클릭클릭. 바로 부킹을 마쳤다. 경희와 전화를 끊고 30분이나 지났을까. 다시 전화가 왔다.

"야, 26일, 무지 춥대. 영하 10도에 체감온도는 영하 12도래. 울 남편이 그러는데, 당신은 죽더라도 골프장에서 죽으라고."

"너하고 나하고는 공치다가 얼어 죽는다 치고, 같이 동사할 사람 없을까?"

"민호랑 경한이가 기꺼이 동반자살특공대에 합류하겠대."

그래서 26일 아침 6시 30분에 기상해서, 아침밥 챙겨놓고, 7시 40분에 집에서 출발했다. 경희네 아파트 주차장에서 8시 40분에 일행을 만났다.

부킹시각 20분 전에 클럽하우스에 도착했다.

우선, 내가 4명분의 그린피를 계산했다. 신용카드로 결제하니까 133,000원씩 532,000원이다. 나는 현장에서 399,000원을 수금했다.

나는 골프라운드를 나갈 때면, 남편에게 20만 원가량을 타가지고 나온다. 내기를 해서 돈을 잃는다거나 비용이 더 많이 나오면, 생활비에서 지출한다. 말하자면 주부의 손재수 때문에 식탁에 오르는 반찬의 가짓수가 적어지거나 우유를 한 달쯤 굶게 된다. 가족이 큰 피해를 본다.

그러나 나는 불로소득을 가족의 건강을 위해서 쓰지 않는다. 이런 삥땅은 온전히 나를 위해서 쓴다. 여차여차해서 카드로 결제하고 나머지 돈은 수금했노라고 가장에게 보고는 하지만, 수금한 돈은 어물쩍 내가 횡령한다.

이렇게 횡령한 알토란같은 돈을 어디에다 쓰는가.

쓸 데, 참 많다.

옛날에 한 직장에 있던 동료가 우리 동네 은행 지점장으로 왔다. 차 한잔하던 중에 내가 물었다.

"은행에다 남편 몰래 돈 숨길 수 있어요?"

"그 누구도 모르게 숨길 수는 있지만, 어디 쓸 일이 있어서 돈을 숨겨요?"

"제비를 키울라고요."

"제비가 있어요?"

"지금은 없지만 곧 생기리라는 희망을 품고 열심히 준비해야지요. 제비 양육비를 남편에게 달라면 주겠어요?"

"잘 숨겨 줄 테니 많이만 가지고 오세요."

그러면서 웃고 말았다.

나는 지금 부정축재를 하는 중이다. 욕심이 많아서 갖고 싶은 물건이 많기 때문이다.

작년에 내 생일에 남편이 선물로 S-yard 드라이버를 사줬다. 페어웨이 우드도 있었더라면 마저 구해줬을 텐데, 단골가게에는 물건이 없었고, 다른 가게에서는 터무니없이 비싼 값을 불러서 못 샀다. S-yard가 골프채 중에서는 비싼 편이다. 그나마 물건도 흔치 않다. 그래서 나는 돈을 모아서 S-yard

페어웨이 우드를 살 예정이다.

두 번째로, 회비를 낸다고 남편에게서 돈을 타냈는데, 딴 곳에다 써버렸다. 돈이란 언제나 부족하기 마련 아니던가. 확실한 기억은 없지만 2차나 3차쯤 술을 마시러 가서 호기롭게 술값을 내버리지나 않았는지 모르겠다. 그래서 밀린 회비를 연말까지 정산하라는 독촉전화에 시달리고 있다.

세 번째는 더욱 중요하고 아름다운 사연이 있다. 미구에 백마를 타고 나타날 제비를 맞이하기 위해서 딴 주머니를 차야 하는 것이다. 정말이지, 내가 이런 식으로 횡령을 안 하게 되었는가.

침을 묻혀서 돈을 세어서 회심의 미소를 지으며 지갑 깊숙이 돈을 모시면서, 클럽하우스 안을 둘러보니 파리는 안 날아다녀도 한산하기가 이를 데 없다.

"오늘 내장객이 얼마나 돼요?"

카운터의 여직원에게 물었다.

"여덟 팀 오셨어요."

작년 겨울이던가, 부킹 날은 받아놓았는데, 기상청의 일기예보에서 무지하게 추울 것이라고 겁을 주었다. 가느냐 마느냐 고민을 하고 있던 차에 골프장 경기과로부터 전화를 받았다. 솔직히 말씀드려서 두 팀밖에 예약이 없는데, 라운드를 좀 참아주실 수 없겠느냐고, 손님만 참아주면 전 직원에게 하루 휴가를 줄 수 있겠다고 사정을 한다. 그래서 나는 너그러운 마음으로 참아준 적이 있다.

"두 팀보다는 훨얼씬 많네. 나도 미쳤지만 나만큼 미친 분들이 제법 계시네."

그렇게 중얼거리며 옷을 갈아입으러 로커실로 들어갔다. 아니, 양말과 신발만 바꿔 신기 위해서였다. 엊저녁에 옷가방을 싸려고 짐을 챙겨보니까, 자취살림 이삿짐만큼의 부피였다. 가방에 다 우겨 담아지지가 않아서 집에서 출발하기 전에 대충 꿰어 입고 나왔다.

털모자, 장갑, 덧장갑, 양말 두 켤레, 골프용 내복, 누비바지, 털스웨터, 바람막이가 달린 스웨터, 누비조끼, 여기까지는 내가 무장한 옷이다. 경희는 모자도 두 개, 내복 밑에 또 내복을 입었다. 바지는 히말라야 등반을 가는 사람들이 입는다는 신소재라고 자랑도 했다. 거기에 더하여, 손난로를 주머니에 넣었고, 눈 때문에 눈이 부실 것이라며 선글라스도 썼다. 선글라스만 벗으면 길거리의 군고구마아줌마와 결코 구별이 안 간다.

"자아, 장유유서."

내가 위스키가 담긴 휴대용 술병을 꺼내면서 말했다.

"나이가 많은 순으로 치라고?"

"그게 아니고요. 술은 장유유서로 마시자는 말이야. 일제 말기에 가미가제 특공대들이 사께 한 잔 마시고 비행기 타고 나가서 꽃잎처럼 떨어져 죽었다잖아. 우리도 이 추위에 일단 한 잔 걸치고, 얼어 죽더라도 죽자고. 장유유서로."

"조옷치. 그럼 진, 달, 래."

"죽자는데 뭔 놈의 '진' 실하고 '달' 콤한 '내' 일을 찾는담."

"나도 역시 아니지. '진' 짜로 '달래' 면 줄 거니? 이런 뜻이야. 멀리건 같은 거."

우리 일행은 남자 둘에 여자 둘, 짝이 맞다. 수염 나고 달릴 것 달렸으니까 분명 생물학적으로 남자이고, 수염 안 나고 안 달렸고 배불러서 아이도 낳았으니까 생물학적으로 여자이지만, 우리끼리는 그냥 친구다. 그렇지만 '진짜로 달래면 줄 거냐' 는 식의 농담은 한다.

"난 물, 안, 개. '물' 론 '안' 되지 '개' XX야."

"나는 뭔 말이 뭔 말인지 모르겠으니까. 물, 돼, 지. '물' 론 '돼' 지."

이렇게 셋이서 노닥거리는데 티잉 그라운드에 먼저 오른 민호가 큰 소리로 우리를 나무란다.

"시끄러. 말밥. '말' 하지 마, '밥' 통들아. 장유유서라면서.

244

어른이 티샷하려는데."

시작 첫 홀부터 지청구를 먹고 잔디밭이 아닌 눈밭으로 내려섰다.

급히 쫓아가야 하는 앞조도 보이지 않고, 사냥터의 토끼처럼 몰아대는 몰이꾼 뒷조도 없다.

발을 뗄 때마다 신발 밑창에 한 줌씩 얼음이 달라붙어 키를 키운다. 발밑에서 사각사각 얼음이 으스러지는 소리를 들으니 옛날에 보리밟기하던 생각이 난다.

이렇게 추운 날은 뱃속이라도 뜨뜻하게 데워놓아야 한다며 고속도로 휴게소에서 우동을 국물까지 다 들이켜더니, 경희가 첫 그늘집에서부터 화장실을 찾아간다. 나도 비슷한 처지이다. 얼른 뒤따라간다.

"옷은 나와서 입어. 나도 급해."

안에서 지체하는 시간이 너무 길기에 나는 화장실문을 쾅쾅 두드리며 재촉했다.

"옷을 너무 많이 입었나봐. 한꺼번에 끌어올렸더니, 옷 하나가 다리 가랑이에 걸렸어."

"그러니까, 순서를 정해서 1번 바지 내리고 2번 노랑 내복 내리고, 3번 빨강 내복 내리고. 올릴 때는 4번 빤쓰 올리고, 3번 빨강 내복 올리고 2번……."

"그 순서가 헷갈린다니까. 그래서 원 샷에 내리고 원 샷에 올리려다가."

나는 화장실문을 열고 들어가서 친구의 작업을 도와주고, 단정한 차림을 만들어서 데리고 나온다. 뒤뚱거리며 앞서가는 경희의 등짝과 엉덩짝이 페어웨이의 반을 가린다.

기온이 영하이고 페어웨이에 눈이 쌓여있는 날은 벙커도 맨땅이나 똑같으니까 겁낼 것이 없다. 워터 해저드도 빙판이 되었으므로 공이 빠질 염려가 없다. 조심해야 할 곳은 눈 무더기이다. 그린 위의 눈을 긁어서 그린에지에 모아놓은 눈 무더기 속으로 민호가 공을 두 개나 처넣는다. 분명 공이 박히는 것을 두 눈으로 똑똑히 보았는데도 눈 속에 공이 없다. 눈밭에서 눈과 구별되는 색깔 공은 하나밖에 남지 않았다고 투덜댄다.

영화 〈러브스토리〉에서 남녀주인공이 눈밭에서 뒹구는 장면이 떠오른다. 어렸을 적에 눈싸움하던 기억도 아련하게 시야에서 흔들거린다. 눈을 조약돌만 하게 뭉쳐서 친구의 목덜미에 넣어주던 기억도, 웃음과 함께 푸르게 살아난다. 나는 눈을 뭉쳐서 등 뒤로 감추고 그린에 오른다.

"기브. 진달래 줄래?"

"물안개. 끝까지 넣어."

진달래와 물안개를 찾고 있는 경희와 경한의 뒤로 살그머
니 다가가서 목덜미를 들추고 눈 덩어리 한 개씩을 넣어준다.

　　"난 물돼지. 달라면 주는 거야. 이런 얼음 세례도 오늘 같은
날 아니면 맛을 못 보잖아."

　　나는 복수가 두려워서 다음 홀로 내뺀다. 경희와 경한은
비명을 지르면서 나를 쫓아온다.

　　"저 화상들은 내가 티샷하거나 퍼팅하려면 꼭 떠들어요. 말
밥, 말하지 말라고 밥통들아."

　　영문을 모르는 민호가 또 소리친다.

원격 커닝

문화인이라면 지켜야 하는 핸드폰 예절이 있다.

공공장소에서 함부로 벨소리가 울리게 한다든지 커다란 목소리로 통화하는 사람은 문화인이 아니다. 그래서 나는 골프 코스에 나갈 때는 핸드폰의 전원을 끈다.

그런 예절을 죽어도 안 지키는 친구가 있다. 아니, 꼭 예절을 안 지킨다고만은 할 수 없다. 그녀는 핸드폰이 요란하게 울리게 놓아두지는 않는다. 진동으로 떨게 한다. 그녀는 오줌이 마려운 사람처럼 부르르 진저리를 친 후에 조용히 자리를 뜬다. 화장실이 아니라 조용한 통화할 장소를 찾아간다.

그녀와 골프를 하기로 했다. 클럽하우스에서 만난 그녀는 지난번에 만났을 때보다 몸이 많이 불어 있었다.

"너 살찐 것 같다. 풍년에 나오는 두부 같아."

내 말이 떨어지기가 바쁘게 그녀는 핸드폰을 꺼내 1번 단추를 꾸욱 누른다. 기억번지 1번은 남편의 전화번호가 저장되어 있으리라.

"여보, 친구가 나더러 풍년두부 같대요. 지는 흉년 콩나물처럼 생겼으면서."

고자질을 시작으로 쓸데없는 통화를 5분 넘게 한다.

"애, 우리 남편이 나더러 쿠션이 있어서 좋대. 흉년 콩나물보다는 풍년두부가 맛있는 거래."

남편의 말까지 친절하게 전해준다. 나는 그녀의 남편이 우리와 함께 라운드를 하는 것만 같다.

"애, 라운드 할 때는 핸드폰 꺼."

"안 돼. 여든 넘으신 울 엄마 오늘내일하신다고. 전화 받으면 채 놓고 달려가야 해."

내 핀잔에도 불구하고 그녀는 여분의 전지도 챙긴다.

"여보, 여기 3번 홀이거덩. 소나무 밑 잡풀더미에 공이 떨어졌는데 우드를 잡을까, 아이언으로 빼내서 쓰리 온 시킬까?"

그녀는 원격 커닝까지 한다.

"캐디 이외의 사람에게 조언을 구하면 벌타인 거 몰라?"

"부부는 일심동체야."

짜증이 섞인 내 말을 그녀는 귓등으로도 안 듣는다. 18홀을 도는 동안 다섯 번은 남편에게 전화를 한다. 어머니의 안부도 한 번은 물었다.

"여보, 여기 8번 홀이야. 나 버디 했어. 친구들은 다 보기. 나 잘했지?"

"언제나 통화 중이면 정작 중요한 연락은 못 받잖아. 제발 전화질은 고만해."

라운드 끝나고 집에 가서 이불 속에서 속삭여도 되련만, 그 사이를 못 참고 자랑을 하는 그녀에게 내가 매몰차게 쏘아주었다.

"염려 놓으셔. 위급상황은 동생이 문자로 쳐줄 테니까."

아, 못 말리는 찰떡궁합 내 친구. 그녀에게 핸드폰의 예절을 가르쳐 줄 사람은 없는가.

거짓말

골프는 신사의 스포츠라고 한다. 나는 그 말에 절대로 동의하지 않는다.

사전을 찾아보면 '신사'라는 낱말은 '사람됨이나 몸가짐이 점잖고 교양이 있으며 예의 바른 남자'라고 나와 있다. 그러니까 신사는 거짓말 따위는 하지 않는다. 나는 골프를 시작하고 5년도 더 지나서야 골퍼들은 남녀노소를 막론하고 다 거짓말쟁이임을 뒤늦게 깨달았다.

골프장에서 티오프 순서를 기다리느라 퍼트연습을 하고 있는데, 떠드는 소리가 들렸다.

"한 달 만에 골프채를 처음 만져봅니다. 연습할 시간도 필드에 나갈 시간도 통 없었거든요."

나는 연습장에 갈 때마다, A가 마치 프로골퍼로 데뷔하려는 사람처럼 타석에서 비지땀을 흘리며 연습에 열중하고 있는 모습을 보았다. 그가 핸디를 한 점이라도 더 얻어내려고 비열한 수작을 하고 있음을 나는 알지만 못들은 척했다.

"최근에 스윙을 바꿨습니다. 처음부터 다시 시작하고 있습니다."

A의 말을 맞받아치는 B는 도저히 바꿀 수 없는 독특한 스윙의 소유자이다. 핸디를 더 줄 수 없다는 뜻이거나, 그렇게 핸디를 구걸할 요량이면 내기는 집어치우자는 암시이다.

"새벽까지 술을 마셨더니 숙취로 뒷골이 당기고 설사까지."

그렇게 말하는 C는 술자리에 고의로 자동차를 가지고 다니는 사람이다. 자기 집의 가훈이 '음주운전은 절대 하지말자' 라면서 맥주 한 컵으로 목만 추기고는 맹송맹송한 얼굴로 앉아 있다가 2차도 안가고 뺑소니를 치고는 한다.

"오늘 첫 주자는 한 번도 못해보나 했는데 그래도 하느님이 저를 가엾이 여기시어 첫 홀에서 첫 주자의 영광은 주시는군요."

제비뽑기에서 첫 홀의 첫 주자가 된 D의 너스레를 듣고 나는 딸꾹질이 나올 뻔했다. 나는 아까 연습 그린에서 그가 흥얼거리는 노래를 들었다. 그는 '밤, 대추 꼼짝 마라, 날만 새면 내 것이다' 라고 그의 18번인 염불을 읊조리면서 나머지 동반자들을 잘 차려진 제사상인양 바라보며 군침을 흘렸다. 나에게는 그가 골퍼라기보다는 도박꾼으로 보였다.

"어쩜 낯빛도 하나 안 바꾸고 거짓말을 하지?"

같이 듣고 있었던 친구를 돌아보며 혀를 내둘렀더니, 친구는 내게 기가 차는 발언을 했다.

"너나 반성해."

"나? 우리 집 가훈이 '정직' 이야. 나는 정직해서, 도끼를 연못에 빠뜨린다면 신령님이 금도끼 은도끼 쇠도끼 다 주실 거야."

깜짝 놀라 반박하는 내 면전에 대고 친구는 손가락질까지 하며 비난했다.

"너, 나한테 입이 닳도록 노래를 부른 한문구절이 있어. 니네 집 가훈이 '심여해 심여산(心如海 意如山) 마음은 바다와 같이, 뜻은 산과 같이' 라고. 그 어려운 한문 구절을 내가 한두 번 듣고 기억하겠니? 니가 나에게 얼마나 반복해서 주입시켰는지 알겠지?

아무래도 나는 기억상실증과 치매증상까지 있나보다.

"최근에 울 남편이 가훈을 '정직' 으로 바꿨어."

처음의 거짓말을 덮기 위해서는 지속적인 거짓말이 필요하다. 나는 임기응변으로 첫 번째 거짓말을 덮는다.

"또 거짓말하네. 너 거짓말하는 거 내가 꼬집어서 말해줄까? 컨디션이 엉망이라 100타 넘게 칠 것이라고 엄살을 부린 날마다 넌 내 앞에서 80대 쳤지? 컨디션 엉망이란 소리가 다 거짓이었잖아. 내가 어쩌다 한번 잘 맞으면, 나 몰래 칼 갈았구나, 이러면서 연습장 한 번도 못간 나를 거짓말한다고 몰아붙였지? 넌, 너야말로 뭐 묻은 개가 겨 묻은 개 나무라는 격이야."

"아냐. 널 보면 기분이 좋아져서 엔도르핀이 돌거든. 그래서 몸 컨디션이 풀린 거야."

딴에는 비상하게 두뇌를 회전시켜 얼렁뚱땅 둘러대기는 했지만, 친구의 지적은 옳았다. 나는 골프구력 10년이 넘으면서 거짓말은 10단으로 늘어버렸다.

미리 쓰는 골프라운드 후기

나는 주로 열흘이나 보름 전에 친구로부터 모월 모일은 스케줄을 비워놓으라는 연락을 받는다. 그렇게 나를 불러주는 친구들과 일주일에 한 번꼴로 골프라운드를 한다. 일주일에 두 번 이상이 되기도 하지만, 가끔은 수첩의 골프라운드 일정을 적는 난이 하얗게 비어있기도 한다.

한때, 나는 대전에 살았고 대부분의 친구들은 서울에 살았다. 친구들이 골프라운드를 청해도 원거리 운전에 자신이 없어서 하나 둘 거절하다 보니 골프와 자연 멀어지게 되었다. 더구나 나는 부킹도 할 줄 몰랐다.

골프는 좋아하면서, 부킹, 동반자, 원거리 운전에 다 자신이 없는 내가 인터넷 공간에서 골프동호인들의 모임을 발견한 것은 행운이었다. 나는 서슴없이 골프동호회에 가입했고,

즐겁게 온라인 가상공간을 누비고 오프라인 골프라운드를 쫓아다녔다.

부지런하게 접속과 클릭만 하면, 집에서 멀지 않은 골프장에 동반자에 부킹에 만사가 오케이인 인터넷 골프모임은 항상 성황이었다.

어느 해이던가, 월례모임에 참가신청을 하려고 손 빠르게 접속을 했었다. 아니 그런데 이것이 무엇이란 말인가. 지난달 모임의 후기를 게시판에 올린 회원에게 이번 모임의 참가 우선권을 준다는 공고가 떠있지 않은가.

동호회 시삽이 무슨 큰 벼슬이나 된다고 그런 권력을 행사하는지 모르겠다. 지난달 모임에는 참석 못했지만 이번 달 모임에는 참석하고 싶은 내가 시삽의 횡포를 보면서 할 짓이 무엇이겠는가. 나는 경험과 상상력을 글재주로 풀어먹고 사는 작가가 아니던가.

수년 전 중국을 여행했다. 칭다오(靑島)와 옌벤(延邊)을 거쳐 백두산까지 올라갔다가 오는 11박 12일의 여정이었다. 중국으로의 출발날짜는 아들아이의 여름방학 중이었고, 귀국날짜는 개학날과 맞물려 있었다.

여행을 계획하면서, 제일 걱정되는 것은 아들아이의 방학 숙제였다. 그중에서도 일기였다. 나는 고민 끝에 아들아이의 일기를 미리 써주고 떠나는 약은꾀를 썼다.

엄마는 오늘 중국으로 떠나셨다. 지금쯤 위동 페리호라는 배를 타고 계실 것이다. 배를 타면 멀미가 날 텐데 괜찮으실까 걱정된다. 백두산에도 올라가신다고 했다. 엄마는 좋겠다. 나도 백두산에 가보고 싶다.

연변에 도착했다고 엄마한테서 전화가 왔다. 목소리를 들으니 엄마가 더 보고 싶다. 엄마도 내가 보고 싶을까.

지도를 보니까 서울에서 백두산까지는 손가락 한 마디 밖에 안 되는데, 엄마는 배를 타고 버스를 타고 기차를 타고 비행기도 타고 빙 돌아서 간다고 하셨다. 통일이 되면, 나는 백두산까지 태극기를 들고 뛰어가야겠다.

이런 식으로 아들아이가 열흘분의 일기를 앞당겨서 쓰도록 도와주고 출발했다. 일기장에 엄마한테서 전화가 왔다고 기록된 날, 나는 아들아이에게 전화를 걸었다. 여정은 아들아이의 일기와 대충 맞아떨어졌었다.
나는 이번에도 역시, 가상 후기를 올리는 작전을 폈다.

엊저녁엔 잠을 푹 잤다. 그래서인지 기분이 상쾌했다. 숙면도 숙면이지만, 기분이 상쾌해질만한 행운이 찾아왔었다.

행운의 여신은 나를 산초의 조에서 빼주었다. 산초가 즐기는 그 머시기냐, 후세인이라는 내기에 걸려들었다가는 뼈도 못 추릴 텐데.

행운의 여신은 나와 산초와는 멀리 떼어놓고, 내가 평소에 동반라운드를 꿈꾸었던 분들과 같은 조로 묶어주었다.

산초의 마수에서 벗어났다는 것은, 풀어 말하자면 돈을 벌었다는 뜻이다. 이 자리를 빌려서 탁월한 조 편성을 하신 시삽의 노고에 감사드린다.

사실을 고백하자면, 나는 시삽에게 산초와 같은 조에 넣지 말아 달라고 물밑 공작을 펼까 망설였었다.

게시물들을 읽어보니 산초는 팔목 인대의 부상에도 열심히 칼도 갈고, 죽자고 라운드를 했다고 올라있었다.

나는 인도어 연습장에는 게으르지 않게 얼굴을 디밀었지만 들에는 못 나갔다. 뭐, 설령 들에 자주 나갔다 하더라도 결과는 오십 보, 백 보이겠지만 말이다.

또 하나, 프로골퍼이신 그린힐과 동반라운드를 하는 횡재수가 걸려들었다.

기대했던 대로 그린힐은 내게 참 많은 도움을 주었다. 그립을 잡는 법에서부터 어드레스, 몸통이 뒤집어지는 내 스윙을 딱 꼬집어서 지적해주었음은 물론 교정하는 비법까지 자상하게 일러주었다.

더 고마워서 몸 둘 바를 모를 부분은, 그린힐의 숙녀에 대한 배려였다. 나는 동호회에 들어와서 그렇게 인심도 좋게 핸디를 주는 분은 처음 봤다. 게다가 넉넉한 기브에 멀리건까지. 나는 그린힐이 우리 모임에서 으뜸가는 신사임을 믿어 의심치 않는다.

내가 오프라인으로는 처음으로 대면하는 그린힐 앞에서 헤프게 웃음을 흘리니까, 곁에서 보던 다른 회원들이 내가 지난번에 발표한 글과 관련하여 그린힐에게 쥐어터지지 않으려고 아첨을 떤다고 숙덕거렸음도 나는 다 눈치를 챘다.

그러나 참았다. 그리고 이를 갈며 아무도 안 듣게 중얼거렸다.

흥, 펜이 드라이버나 칼보다 강하다는 것을 보여주리라.

한 접에 가까운 타수를 기록했음이 못내 아쉽기는 하다. 하지만 그 점은 예견했고 각오도 하고 나온 마당이다.

겨우내 게시판에 올라온 글로써 안부만 짐작하곤 했던 회원들을 만났고, 역시 또래끼리 뭉쳐야 이바구도 잘 통한다는 것을 오늘은 새삼 확인하지 않았는가 말이다.

오늘은 언제나 집에서 멀리 떨어진 골프장에서 월례회가 열렸던 관계로 마음만 달려갔지 몸은 집에 남아있을 수밖에 없었음을 새삼 후회한 날이었다. 좀 힘들더라도 다음 달에도 달려가야지.

여러 회원님, 정말, 참말로 즐거운 라운드와 신 나는 뒤풀이였습니다. 또 뵙기 바랍니다.

작전계획서를 인터넷 게시판에 올리고 반응을 기다렸다.

"김 작가, 긍게 산초하고는 치기 싫고, 그린힐하고는 치고 싶다아, 그말이요? 김 작가가 시삽 한번 해보시요잉. 좃짜기가 을매나 애려운지 아쇼?"

시삽의 전화다. 이 의견, 저 항의 다 받아들여야 하는 시삽의 고충에 삼가 애도를 표한다.

"후기 올리는 사람에게 먼저 참가권을 준다는 방침, 생업 종사에 바빠서 월례회에 자주 나오지 못하는 사람들은 아예 빼겠다는 야급니까? 이렇게 주최 측의 농간이 한계령에 올랐는데, 칼자루를 쥐고 있는 권력층에 아첨 좀 합시다."

"그럼 신입 초보들은 어따 넣어요? 피 튀기며 스크라치로 붙는 죽음의 전투조에 넣을 수도 없지. 간신히 걸음마나 하는 보기플레이어들도 '애기보기'는 싫다고 해쌌지."

"요번에 나올 초보들은 다 여성동지들 아닌가요? 시삽님이 무수리 조합장허셔야지요."

"그럼 김 작가가 왕초보 마당쇠 셋 데불고 칠래요?"

"저, 솔찬허게 죄송만만스럽지만, 따귀 빼고 선지 넣고, 아니, 산초 빼고 그린힐 넣고……."

시삽은 뭐라고 한참 투덜투덜하다가 전화를 끊었다. 그러나 시삽의 횡포에 더 강한 횡포로 대응한 덕분에, 나는 미리 쓴 후기에 예언한 대로 정해진 운명의 길을 갈 수 있었다.

나는 현대인이 못 된다

다룰 줄 아는 악기 하나, 자기만의 독특한 요리 하나, 말하고 쓸 수 있는 외국어 하나, 취미 수준을 넘는 스포츠 하나, 이것이 21세기를 살아가는 현대인이 갖추어야 할 기본 덕목이라 한다. 물론 전문적인 직업도 포함된다.

어렸을 적에 부모님은 내게 피아노를 가르쳤다. 나는 애초에 음악가가 되려는 생각은 없었다. 음악에 관한 내 꿈은 소박했다. 가족이나 친지들 앞에서 피아노를 치며 노래를 부를 줄 아는 수준, 그것으로 충분했다. 그런 모습을 상상하며 건반을 두들기는 훈련을 했다. 몇 년이 지난 후에야, 내 피아노 연주가 결코 아름답게 들리지는 않음을 알았고, 예술이란 음계를 짚는 기계적인 반복 손놀림만으로는 안 된다는 것도 알았다. 그러니까 나는 다룰 줄 아는 악기가 없다.

요리 솜씨도 형편없기는 매한가지지만 날마다 지지고 볶고 튀기고 끓이다 보니 잘할 줄 아는 요리가 없지는 않다. 그러나 시식을 해본 사람들은 학점으로 쳐서 C밖에 안 준다. 요리도 반복된 연습으로 되지 않았다. 그러므로 자기만의 독특한 요리, 이 부분도 나는 내세울 게 없다.

외국어도 그렇다. 나는 한동안 영어를 물고 늘어졌는데 도무지 발전이 없어서 지금은 팽개쳐두고 있다. 졸지에 외국에 나갈 일이 생긴다면 그때는 급해지리라. 태만을 후회하며 텔레비전 화면을 CNN에 고정키고, 화장실벽에도 영어단어를 붙여놓는 등, 발등의 불끄기 작전을 편다. 이어폰을 꽂은 채 설거지를 하는 우스꽝스러운 작태도 벌이리라. 그러니까 길거리에서 벽안의 외국인이 다가오면 비실비실 도망치는 여자, 이게 바로 내 모습이다.

다음은 취미 수준을 넘는 스포츠와 전문적인 직업에 대해 심각한 고찰을 할 차례이다.

이미 밝혔듯이 내가 골프를 시작한 동기 중의 일부분은 '현대인의 기본 덕목을 갖추려고'이다. 그리고 남편의 강요이다. 남편은 내게 말했다.

"난 늙어서 은퇴하더라도 골프는 할 거야. 당신이 골프를 안 하는 건 자유지만 나 혼자 골프를 하러 간다고 해도 말리지는 마. 나와 더불어 즐기든지, 아니면 집에서 집필을 하든지, 화투패를 떼든지."

이렇게 평범한 이유로 발을 들여놓은 골프가 왜 그리도 좋아지고, 왜 그리도 몰입하게 되었는지는 나도 모르겠다.

누구나 사람은 좋아하는 짓을 하고 싶어 한다. 그리고 좋아하는 짓을 하다 보면 잘하고 싶어진다. 애착이 생기는 것이리라. 자기가 좋아하는 분야에 천부적인 소질을 타고나서, 남보다 적은 노력으로도 뛰어난 성과를 올린다면, 그는 축복받은 사람이다.

나는 골프에 재능이 별로 없다. 나는 나 자신을 내세우고 자랑하는 편이지, 깎아내리지는 않는다. 그렇지만 내 자신도, 주위의 평가로도 내가 재능이 없다는 것을 인정하게 되었다. 슬프지만.

소질이 없음을 깨달았으면 생업도 아니니까 그냥 편안하게 골프를 즐기면 될 텐데, 그 선에서 만족하지를 못한다. 정복하기 어려운 고지를 정해놓고, 자신만 들볶는데 그치지 않고 주위의 사람에게까지 폐해를 준다.

내가 좋아하지만 만만하게 풀리지 않아서 열 받는 분야가 하나 더 있다. 문학이다.

나는 고교 시절까지 자연과학 쪽에서 남보다 우수했다. 그래서 전공으로 택했다. 우수하더라도 좋아하지 않는 분야는 지속하기 어려웠다. 결국은 좋아하는 문학 쪽으로 돌아왔다. 인생의 항로를 유턴하면서 허비한 세월을 돌아보면 안타깝다.

그러나 지금 생각해보면 세월을 허비하지만은 않았다. 나는 다음날이 학기말 시험이라 해도 내가 하고 싶은 짓을 하며 밤을 지새웠다. 당연히 시험은 망쳤다. 그러니까 나는 글을 익힌 이후로 글쓰기를 중단하지는 않았다. 일기를 썼고, 편지를 썼고, 책을 읽으면 독후감을, 여행 끝엔 기행문을, 산에 갔다 오면 등정기를 썼다. 보고 듣고 느낀 것에 대해 누가 강요하지 않았지만 열심히 썼다.

소설이라는 틀을 빌린 것은 사춘기 때부터이다. 혼자만 간직하고 싶은 은밀한 비밀이 많아지면서 나는 논픽션을 픽션으로 만들었다. 그런 작품들을 남에게도 인정받고 싶어 몇 군데에 응모하다 보니 나는 작가라는 직업이 내 이름 앞에 붙어 있었다.

그러나 내가 좋아하고 사랑하는 대상은 내게 늘 냉정했다. 좋아해서 쫓아가면 여전히 저만큼 앞서 가면서 따라 오라 손짓만 하고 내겐 미소 한 번 주지 않는, 그런 존재가 골프와 문학이었다.

물론 노력하는 과정에서 얻는 기쁨과 희열은 인정한다. 가끔 찾아와주는 그런 희열이 사막의 오아시스였고 삶을 지탱해주는 버팀목이었다. 내 삶에 생기를 주는 감로수였다.

그런 이유로 내가 문학을 하는가, 그리고 골프를 하는가, 나는 항상 자문한다. 그러나 다가갈수록 첩첩산중에 갇히는 기분이 드는 것도 이 두 가지이다.

청춘을 바쳐 문학을 흠모를 했는데도 워드프로세서를 띄워놓고 화면을 노려보고 있으면 왜 그렇게 아득해지기만 하는지, 답답하다. 모니터에 떠있는 글자들이 바다에서 파산한 배의 파편 같기도 하고, 생명력을 잃고 죽어 나자빠진 벌레들의 주검처럼 느껴지기도 한다. 그냥 쉬면서 놀면 나태한 나 자신이 싫어진다. 내가 무생물처럼 여겨지고 삶의 의미가 사라진다. 그러나 다시 원고지와 마주 앉으면 또 다른 고통을 만난다.

내게 문학은 천형(天刑)이다. 골프도 내게 천형인가. 그건 결코 아니다. 문학은 프로이지만 골프는 아마추어이기 때문에 결코 천형은 아닐 것이다.

그러나 나는 문학에 진정한 프로는 못 된다. 나는 문학에 전력질주를 못하는 이유를 나 자신이 아닌 외부에 전가해왔다. 슈퍼우먼이 아닌 이상, 살림과 문학 양쪽에 양다리를 걸치고 있는 한, 주변작가 신세를 면치 못한다고 한탄해왔다.

그런 내 한탄을 들은 선배가 나를 나무랐다.

"니가 만약 혼자 산다면 대작을 쓸 수 있다고 자신하니?"

내가 제일 좋아하는 선배는 신문에 연재소설을 쓰느라고 전남 진도에 내려간 지가 3년이 다 된다. 그동안 남편과 아이들과 별거하고 있다. 그리고 모 방송작가는 남편이 딴 여자와 살림을 따로 차렸는데도 수습을 못 하고 원고마감시간에 쫓기며 매일 연속극을 쓴다.

선배는 덧붙였다.

"불후의 명작을 쓸 수도 있고 못 쓸 수도 있어. 주변작가에 멈출지라도 가정을 행복하게 지키는 게 인생의 손익계산에서 이익일 거야. 주위를 둘러봐. 딴에는 출중한 작품 내놓는다고 은연중에 뽐내는 여자들, 가정 온전히 지키는 여자 없잖아."

어떤 여성소설가가 불행한 일을 겪었다는 이야기를 듣고 한 선배가 말했다.

"그 사람 작품 좋아지겠군."

중요한 것이 문학인가, 인생인가, 다시금 곱씹게 하는 화두이다. 자신의 행복을 팔아 소설을 사야 하나.

"삶이 중요하지. 인생 속에 소설이 있는 거야."

결코 끝장이 나지 않을 토론의 주제이리라.

그뿐만 아니다. 열심히 쓰는 소설가치고 치질 안 걸린 사람이 없다. 방바닥에 궁둥이를 붙이고 책상 앞에 앉아있기 때문이다. 나는 늦은 봄쯤이면 엉덩이에 땀띠가 나기 시작한다. 여름에는 곪아서 터지고 가을쯤엔 딱지가 앉는다. 치질까지는 안가도 변비로 무지막지하게 고생한다.

싱글핸디캡의 골퍼가 되면 배우자에게 쫓겨나서 싱글이 된다는 말이 있다. 가정도 돌보지 않는 골프에의 전력질주는 가정파괴를 뜻한다.

물론 나는 골프에도 전력질주를 할 수는 없었다. 전력질주 할 수 없었던 이유가 어디 한두 가지겠는가마는, 설령 전력질주 했다손 치더라도 신체적 조건이나 골프를 시작한 나이나 소질이나 감각 면에서도 남보다 못한 나는, 프로는 될 수 없었으리라. 그러므로 골프가 수시로 나를 시험하고 배신해도, 점수로써 약을 올려도, 나는 그 이상을 넘보는 만용을 부려서는 안 된다.

바이올리니스트라 불리기를 바라는 외교관도 보았고, 의사이기보다는 화가, 공학박사라기보다는 원예전문가라고 불러달라는 사람을 보았다.

나도 작가 이전에 싱글핸디캡 골퍼가 되고 싶다.

골프신드롬

내가 단골 치과에 진료시간을 잡으려고 전화를 걸었을 때, 젊고 나긋나긋한 여자 목소리가 튀어나와서 우리 선생님은 이번 주에는 빈 시간이 없고 다음 주나 어쩌고저쩌고하며 나를 따돌린다면, 나는 그 말을 믿는다. 나의 치과 주치의인 여고 후배는 고매한 인격을 가진 의사이며 독실한 신앙인으로 절대로 아랫사람을 시켜 거짓을 전하지는 않는다. 그리고 내가 갈 때마다 그녀의 치과병원은 늘 환자들로 벅적였으므로 VIP 예약환자만 진료하기에도 하루가 짧으리라고 추측한다.

그런데 어렵사리 받아낸 약속 시각에 맞춰 치과를 방문했을 때도 그녀는 자주 자리에 없고는 했다. 기공사인지 위생사가 나를 맞았다. 여고 때도 전교 1등을 했고 좋은 대학을 우수한 성적으로 졸업하여 건전하고 착실한 의사가 된 그녀는 적어도 직업상 썩 망망한 용무로만 자리를 비울 것이라고 나는 믿는다. 나뿐만이 아니라 그녀의 병원을 찾는 치통환자 대부분이 의심을 안 한다.

그런데 누가 내게 에세이 한 편을 써 달라거나 강연을 해달라거나 좌우간 무슨 일인가를 부탁했을 때, 내가 공사가 다망하여 짬을 내기가 어렵다고 거절을 하면 아무도 내 말을 믿지 않는다. 시간은 오직 나에게만 남아돌아서, 나는 노는데 바빠 죽든지, 내일 신 나게 놀기 위해서 지금은 널브러져서 에너지를 충전하고 있는 줄 안다.

더구나 요즈음은 몸에 착 달라붙어 있는 핸드폰이라는 게 생겨서 전화를 늦게 받으면 얼마나 광란을 하고 있기에 전화가 울리는 것도 모르느냐, 전화를 안 받으면 나중에라도 전화를 걸어와서 그날 무슨 짓을 하느라고 전화도 안 받았느냐, 집 밖에서 전화를 받으면 글 써야 한다고 생난리를 치더니 그렇게 싸돌아다녀도 되냐, 집에서 전화를 받으면 내일 놀려고 오늘 쉬느라 강아지처럼 집도 지키네, 이런다.

언젠가는 계단을 오르면서 핸드폰을 받았더니 대낮에 무슨 짓을 하느라고 숨을 가쁘게 몰아쉬느냐고 나를 이상한 여자로 몰면서 타박했고, 열정적으로 청소를 하다가 숨이 차서 퍼질러 앉아서 전화를 받았을 때도 똑같은 의심을 했다. 도대체

내 주변 사람들은 나의 '무슨 짓'을 무슨 짓이라고 상상하는지 나는 어림도 할 수 없다.

특히 나의 친정엄마가 그렇다. 넌 도대체 무얼 하기에 그리 바쁘다는 핑계만 대느냐, 큰딸이 되어서 엄마가 죽었는지 살았는지도 궁금하지 않으냐, 근간에 한번 들르라며 당장에 돌아가실 것처럼 엄살을 피신다.

이렇듯이 사람들은 우리(나는 구원을 요청하든지 변명을 해야 할 때에는 '나' 대신 '우리'라는 복수대명사를 쓴다) 같은 정신적 노동, 그 중에서도 창작을 하는 사람들을 성실한 직업인으로 여기지 않고 시간이 수돗물처럼 남아서 넘쳐흐르는데도 일은 안 하는, 말하자면 게으르고, 설령 부지런하다고 해도 경제적 능력이 없는 사람으로 여긴다.

나, 누구보다도 부지런한 사람이다.

집에 있는 동안은 더욱 부지런하다. 집은 주부인 내가 가사 노동을 하는 직장이며, 작가인 나의 작업공간이기 때문이다.

남편과 아들 녀석은 죽어도 하루 두 끼를 집에서 먹는다. 참 불쌍하다. 여자친구도 하나 없어서 토요일 저녁도 집에서 '엄마, 밥'을 외치는 아들 녀석은 조금 불쌍하고, 일 년 365일 중에서 300일 이상을 저녁 일곱 시면 시계추처럼 집으로 돌아와서 가족과 함께 밥을 먹는 건실한 남편에게 꼼짝 못하고 저녁 식사를 대령하는 나는 엔간히 불쌍하다.

나는 먹고살자고, 시장보고 다듬고 씻고 썰고 다지고 지지고 볶고 끓이고 튀기고 드디어 입에 넣고 씹고 마시고, 도중에 실수로 태우고 깨고 데이고, 마지막으로 설거지하고 행주 삶아 빨아 너는데 하루 여섯 시간 이상 소비한다.

청소와 빨래하고, 다림질하고, 떨어진 단추 달고, 치마허리 늘리고, 화분에 물주고, 쓰레기 버리는데 하루 두 시간 이상 쓴다.

구석구석 씻고 얼굴에 처바르고 문지르고, 옷 입었다 벗었다 입고, 혹은 밖에서 돌아와 화장 지우고 옷 갈아입는데 한 시간 이상, 전화를 걸거나 받는데 30분쯤 쓴다.

여기까지는 육체노동을 열거했다. 다음은 정신노동을 따져 보자.

작가란 창작을 한다. 하늘 아래 새로운 것이 어디 있단 말인가. 자음과 모음의 조합으로만 만들어내는 문학이 무엇이 새롭단 말인가. 그럼에도 작가는 밥을 먹거나 술을 마시는 도중에도, 로댕의 '생각하는 사람' 같은 조각상처럼 정지된 자세로 변기에 앉아있을 때도, 심지어는 꿈속에서까지 편히 잠들지 못하고 뇌를 혹사하며 자음, 모음을 조합한다. 정말 괜찮은 작품 하나 뽑아내려고 온갖 용을 쓴다. 내 글을 읽어달라고 비나리를 치기 전에 나도 남의 글도 읽어야 하고 내 글을 잘 쓰려면 신문도 정독하고 책도 탐독하고 텔레비전도 보고 여행도 해야 한다. 아마 이런저런 사유에 빠지고 집필에 몰두하는 시간이 적어도 하루에 다섯 시간은 된다.

그대는 묻고 싶을 것이다. 그럼 언제 잠자고 언제 외출하느냐고, 그러니 이실직고 하라고, 언제 골프라운드하냐고.

그래, 어쩔래. 나 거짓말쟁이다.

그대의 전화를 받는 순간에 골프연습장에 있으면서 청소기와 세탁기를 동시에 돌리고 있다고 거짓말을 했으며, OB가 난 공을 찾아 숲속을 헤매다가 그대의 전화를 받았을 때는 63빌딩계단을 오르고 있다고 거짓말했다. 퍼팅 어드레스 중에 울린 전화는 안 받았기 때문에 그대는 또 묘한 상상 속에 빠졌음이 분명하다.

나는 소설도 쓰지만 골프칼럼을 더 많이 쓴다. 그래서 내가 일주일에 골프라운드를 서너 번씩하고, 해외로 원정골프를 간다거나, 라운드를 하면서 아주 조그만 내기를 하는 따위는, 나에게는 놀이가 아니라 생계를 위한 투쟁이다. 이건 진짜다, 거짓말이 아니다.

그럼에도, 나는 골프연습장에서 공 때리다가 전화를 받으면, 집의 청소기가 낡아서 우레와 같은 소음을 낸다고 천연덕스럽게 거짓말을 한다. 나만 그런 것이 아니다. 클럽하우스에서 마주친 예약이 밀려 내 충치를 봐줄 수 없다던 후배치과의사는, 이거 원, 한적한 곳에 있는 모텔의 어둑한 복도에서 젊은 애인의 팔짱을 끼고 나오다가 마주친 것 같은 죄지은 표정을 짓는다. 나는 골프라운드가 늦게 끝나서 해가 진 뒤에 집에 들어온 날은 저녁 식탁을 돌보지 못한 죄로 가족 앞에서 설설 긴다.

내가 남들에게 골프와는 절대로 안 친한 것처럼 거짓말을 하는 이유는 하나 더 있다. 내가 나를 평가해보아도 나는 골프에 소질이 없다. 죽자고 연습하고 죽자고 골프장으로 내달아도 골프에 통달하지를 못했다. 내가 골프를 사랑하는 것만큼 나는 골프의 사랑을 받지 못하고 있다. 그 태생적으로 소질 없음을, 그 가슴 아픈 짝사랑을 남에게 들키고 싶지 않아서이다. 그렇게 레슨을 받고 연습하고 잔디에 토지세를 냈으면서도 실력이 그밖에 안 되냐는, 아이큐가 강아지 수준이든지 팔다리가 문어처럼 흐느적거린다는 의심을 받고 싶지 않은 것이다.

환자를 따돌리고 골프라운드를 하는 치과의사는 '황금 오리(황금알을 낳는 오리)' 라는 별명도 가지고 있다. 돈 잘 버는 의사이니까.

내 남편도 나를 '오리'의 반열에는 올려주었다. 이름 하여 '탐관오리'이다. 난 돈 잘 못 버는 작가이며 뼛골이 빠지게 일하는 남편의 고혈을 빨아 골프와 놀아나니까.

골퍼의 번뇌

나는 계절을, 골프라운드를 할 수 없는 혹한의 '겨울'과 골
프라운드를 즐길 수 있는 따뜻한 '봄, 여름, 가을'이라는 두
계절로 나눈다. 그러므로 해마다 나의 동면은, 페어웨이에 쌓
인 눈 때문에 골프장을 임시로 폐장한다는 골프장 매니저의
전화를 받고 나서야 시작되고는 했다. 어느 해인가는, 이런
영하 10도의 기온에 라운드를 하겠다고 부킹한 회원이 두 팀
인데 한 팀은 이미 라운드를 포기하셨고 우리 팀만 라운드를
참아준다면 전 직원에게 하루의 휴가를 줄 수 있다는 골프장
측의 애조 어린 전화를 받고 눈밭에서 사용하는 빨간 골프공
과 방한용 내의를 서랍에 도로 집어넣었었다.

곰이 마늘만 먹으며 웅녀로 환생하기를 기다리는 것 같은
좀이 쑤셔 죽겠는 은둔의 계절이 가고 꽃피는 봄이 오면 종달

새의 우짖음과 함께 나를 부르는 소리가 들린다. 페어웨이에 긴 그림자를 드리운 측백나무가, 고무래로 잘 다듬어 놓은 모래벙커에서 짝짓기를 나눈 장끼와 까투리가, 누군가가 잃어버린 나무향기 상큼한 새 티와 워터 해저드 위를 나르다 힘이 부쳐 물속으로 잠수한 새 골프공이 나를 애타게 찾는다.

나의 봄은, 내가 깊은 겨울잠에서 깨어나 먼지가 날리는 실내연습장에서 골프채를 꺼내 자동차의 트렁크에 옮겨 싣는 날에 온다.

새봄이 와서 첫 라운드를 나가기 전 나는 천지신명께 고수레를 한다.

OB 말뚝을 벗어난 공을 동반자의 눈을 피해 안전지역으로 차 넣고 싶은 유혹에도, 로스트볼을 인정하지 않고 알을 까고 픈 유혹에도, 러프에 빠진 공을 슬쩍 꺼내고 싶은 유혹에도, 디봇 자국에 놓인 공을 살며시 굴리고 싶은 유혹에도 흔들리지 않는 양심적인 골퍼가 되게 하소서.

정말 골프는 번뇌, 그 자체이다. 골프를 사랑하여 더 가까이 다가가고 싶을수록, 더 좋은 점수를 내고 싶을수록 번뇌의 가짓수는 늘어난다.

골프 홀 컵의 지름은 4.25인치, 정확하게 108밀리미터이다. 처음에 지름이 108밀리미터인 수도 파이프를 잘라 골프의 홀 컵으로 쓰기 시작했다는 설이 유력지만, 유래야 어찌 되었든 홀 컵은 골프공이 들어 있는 상태에서 성인 남자가 손을 넣어 무리 없이 공을 꺼낼 수 있는 크기라고 한다. 여성이 출산할 때 아기가 나오는 길의 너비라는 설도 있다. 골퍼들이 공을 칠 때 치열한 번뇌를 거치므로 108번뇌와 골프 홀 컵의 지름이 108밀리미터라는 사실은 의미심장하다.

또, 야구공의 표면은 두 개의 가죽으로 이루어져 있는데, 이 두 가죽은 108개의 바늘땀으로 연결되어 있다. 야구 역시 서양에서 비롯된 운동이라는 점을 고려하면, 일부러 108개의 땀이 되도록 바느질을 했다고 보기는 난감하다. 야구 전문가들은 108개의 바늘땀이 최상의 야구공을 만든다는 정도로 해석하는데, 역시 후련한 답은 아니다.

골퍼가 홀 컵에 공을 넣기까지, 투수가 공을 던지거나 타자가 공을 칠 때에 한 타 한 타 심사숙고하기 위해서는, 세상의 108가지 번뇌를 잊고 마음을 비워야 한다는 해석은 제법 설득력이 있다. 이처럼 서양에서 시작된 골프의 홀 컵이나 야구공이 동양의 대표적인 사상인 불교의 백팔번뇌와 숫자로 맞물리는 점은 퍽 경이롭다.

번뇌의 가짓수가 108가지라는 백팔번뇌에서, 108이라는 숫자가 산출되는 과정에 심오한 철학이 있다. 사람에게는 감각과 감각의 대상이 결합해 시각, 청각, 후각, 미각, 촉각, 분별이라는 여섯 가지 작용이 있다. 이 여섯 가지 작용을 좋고(好), 나쁘고(惡), 좋지도 않고 싫지도 않은(平) 세 가지로 구분하면 18가지가 된다. 나아가서 이 18가지 번뇌는 각각 더러움(染)과 깨끗함(淨)이 있어 모두 36가지, 이 36가지가 전생, 현생, 내생에 존재하기 때문에 다시 3을 곱해 108가지가 된다.

또 다른 학설에 의하면 앞의 여섯 가지 작용 각각에 좋고(好), 나쁘고(惡), 좋지도 않고 싫지도 않고(平), 괴롭고(苦), 즐겁고(樂), 괴로움도 아니고 즐겁지도 않음(捨)은 여섯으로 나뉘어서 36가지의 번뇌가 존재하고, 또 앞에서와 마찬가지로 과거, 현재, 미래의 3을 곱하면 108이 된다.

내가 자주 가는 골프장 그늘집의 처마 끝에는 청아하게 울리는 풍경이 달려있다. 나는 그 풍경이 바람에 흔들려 천상의 음악소리를 낼 때면 모든 번뇌가 사라지고 머리가 명징하게 맑아지는 기분이 들어 마음에 새겼던 기도를 다시 올린다.

운에 기대지 않는, 핑계 대지 않는, 캐디를 탓하지 않는, 자성하며 공부하는 골퍼가 되게 하소서. 동반자가 샷 하는 동안 정숙하게 침묵하는, 디봇 자국을 항상 보수하는, 벙커에 남긴 흔적을 고무래로 잘 지우는, 룰과 에티켓이 몸에 배어 타인을 배려하는 마음이 스스로 우러나는 골퍼가 되게 하소서.

가장 중요한 샷은 다음 샷

🚩

  대전에 살면서, 일주일이 멀다 하고 생쥐 풀 방구리 드나들듯 열심히 다녔던 골프장이 있다. 서울로 이사를 온 후로는 자연히 서울 근교의 골프장만 찾게 되었다. 인간관계도 눈앞에서 멀어지면 마음에서도 멀어진다던데, 골프장도 그런 것인지 나는 그 골프장을 안 찾게 되었고, 시나브로 마음에서도 멀어졌다.

  지난주, 그 골프장에 갔다. 클럽하우스는 5년의 세월만큼 낡았고 나무들은 5년만큼 키가 크고 몸통이 굵어졌다. 직원은 모두 바뀌었고 프로샵은 진열품목이 많아져서 산만했다.

  자주 방문한 골프장에는 라운드 횟수만큼의 추억이 서려있다. 각 홀마다 각양각색의 일화가 숨어있다.

  첫 홀을 보기로 마무리하고 나오는데 출중하게 잘생긴 전

나무 밑에 '사이클버디 기념'이라는 글자가 음각된 비석이 몇 개 보였다. 예전에는 없었다.

"파5홀, 파4홀, 파3홀에서 연속으로 버디하면, 사이클버디라고 한대요."

비석 앞에서 고개를 갸웃거리는 내게 캐디가 설명을 해준다.

"나도 그런 거 할 뻔했었지."

나는 입 속으로 중얼거리며 세월을 거슬러 올라간다.

페어웨이에 낙엽이 지던 을씨년스런 가을날이었다. 파5인 첫 홀에서 세 번의 샷으로 그린에 올렸고 두 번의 퍼트로 마무리해서 파를 했다. 파4인 제2홀에서는 두 번째 샷이 깃대에 붙어서 버디를 했다. 제3홀은 연못을 지나 120미터 지점의 그린에 깃대가 꽂혀 있었다. 공을 짧게 보내면 연못에 빠질 우려가 있었기에 좀 멀리 보낼 요량으로 티의 키를 높이고 5번 우드를 휘둘렀다. 클럽 헤드에 공이 제대로 맞는 듯 손맛의 느낌이 상쾌했다. 공은 호쾌하게 날아가다가 우뚝 솟은 깃대에 걸려 추락했다. 깃대가 공의 비행을 막지 않았더라면 공은 그린 뒤의 수풀에 박혔을 터였다. 홀인원일 뻔한 버디를 했다.

친구들이 그냥 침묵만 지켜주었더라면 생애 최고의 기록을 냈을지도 모르겠다. 그러나 그 시절의 내 친구들은, 동반자에게 정신을 집중할 수 있는 분위기를 만들어주어야 한다는 줄도 모르는 초보들이었다. 겨우 세 홀을 마쳤을 뿐인데도, 오늘 70대 점수를 기록하면 나이트클럽에 놀러 가자, 싱글패는 크리스털로 만들자, 어젯밤에 무슨 꿈을 꾸었느냐며, 하도 정신집중을 방해하는 통에, 갈수록 스윙이 무너져서 나중에는 더블보기도 하고 트리플보기도 했었다.

"서비스 파5홀이라 그린까지의 거리가 짧습니다. 장타자들은 투온이 가능합니다."

캐디의 설명을 들으며 발 아래로 저만큼 떨어져있는 그린을 본다. 그린은 예나 다름없이 벗어 던진 짚신 두 짝이다. 깃대는 오른쪽 짚신짝에 꽂혀 있다.

이 홀에도 재미있고 진기한 추억이 있다.

비가 부슬부슬 내리던 여름날이었다. 깃대는 왼발 짚신짝의 엄지발가락 부분에 꽂혀 있었는데, 기현 씨가 두 번째로 친 공이 난초의 잎처럼 오른쪽으로 휘면서 날아가더니 오른발 짚신짝의 새끼발가락 부분에 뚫려 있던 구멍 안으로 숨어버렸다. '작은집 알바트로스'였다. 더욱 안타까웠던 점은, 우리가 홀아웃을 하고 다음 홀로 이동을 하면서 뒤를 돌아보니까 그린키퍼가 기현 씨가 공을 담갔던 바로 그 구멍에 깃대를 옮겨 꽂고 있었다.

"자주 오셨댔어요?"

캐디가 내 얼굴과 이름표를 번갈아 보며 묻는다.

"회원권 팔고 이사 간 지가 5년이 넘었으니까."

"아직 치지마세요. 앞조가 두 번째 샷을 안 마쳤어요."

티잉 그라운드로 올라가는 나를 캐디가 말린다. 캐디의 설명이 아니라도 나는 아직 앞조가 두 번째 샷을 끝마치지 않았음을 안다. 14번 홀은 티샷한 공이 떨어지는 지점이 티잉 그라운드에서는 보이지 않으므로, 앞조가 시야에 나타날 때까지는 티샷을 자제해야 한다. 나는 그저 높은 곳에서 페어웨이를 바라보며 추억을 더듬고 싶었을 뿐이다.

"이 홀에서 공이 없어지지만 않았다면 그날 신부님은 이븐파 하셨는데……."

나는 다시 중얼거린다.

그날 동행했던 신부님은 제13홀까지 이븐파를 유지하며 왔고 드라이버샷도 흡족하게 날렸다. 티잉 그라운드에서 내려와서 막 페어웨이를 밟는데 앞조의 머리통이 언덕 아래에서 솟았다. 앞조가 아직 두 번째 샷을 마치지 않았던 것이다. 그들에게도 들리도록 큰 소리로 사과하고 페어웨이로 뛰어나갔다. 공이 안착했으리라고 가늠되는 지역에서 공을 찾을 수가 없었다. 공에 맞을 뻔한 앞조의 골퍼가 분풀이로 공을 집어갔으리라는 의심이 들었지만, 어쩔 도리가 없었다. 그 후로 신부님은 이 홀에만 오면 그날의 원통하고 절통한 심정을 되살리고는 했다.

추억이 다 아름답지만은 않다. 눈시울에 꽃물이 들 듯 발갛게 젖어오는 애틋한 추억도 있겠지만, 기억의 창고에 꽁꽁 묶어 붙들어 매어놓았는데도, 어느 순간 시퍼렇게 살아서 날뛰는 악귀 같은 추억도 있다.

어느 날이던가, 목욕실에서 샤워를 마치고 나오다가 젖은 머리를 말리고 있는 S를 만났다. S는 내 친구 전 남편의 현재 부인이다. S는 내가 자기의 남편의 전부인과 친구임을 알고 있었다. 내 친구는 종갓집 종손과 결혼해서 10년을 살았는데 아이가 없었다. 어느 날 S가 한 아이는 걸리고 한 아이는 뱃속에 담아 내 친구의 안방으로 쳐들어왔고, 종내는 종갓집 종부자리를 차지했다.

"나 오늘, 울 시어머님이랑 자동차 딜러 만나기로 했어. 차를 벤츠로 바꿔주시겠대."

S가 라운드 동반자인 듯한 여자에게 말했다. 그러는 그녀의 시선은 거울을 통해 내게 꽂히고 있었다.

"아까 얘기했잖아. 자랑만 하지 말고, 차 나오면 차 턱이나 크게 쏴."

눈썹에 마스카라 칠을 하고 있던 여자가 말했다.

순간 그녀가 나를 바라보며 싱긋 웃었다. 너, 꼭 내 소식을 네 친구에게 전해. 그녀의 눈빛에 담긴 전언이었다. 나도 그녀에게 웃음을 보내주었다. '너, 못할 짓하고 나니까 마음이 편치 않은가 보구나' 라는 메시지를 실어서 차갑게 비웃어주었다. S는 내 웃음의 의미를 간파했는지, 내가 몸을 돌려 나가는데도, 나에게 전달될 만큼의 커다란 목소리로 자기가 시부모에게서 얼마나 귀염을 받고 있는지, 남편이 얼마나 끔찍이 자신을 위해주는지를 그녀의 동반자에게 떠들었다.

씁쓸했다. 물론 나는 내 친구에게 S의 근황을 전하지 않았다. 이 골프장의 목욕실에 들어오면 S가 떠오른다. 남의 남편을 보란 듯이 뺏은 승자이면서도 열등감으로 몸을 떨며 어쩔 줄 모르던 S의 시선이 거울 저편에서 다가온다.

젊은이는 추억을 만들며, 노인은 추억을 먹으며 산다고 한다. 반추할 때마다 입가에 미소가 돌고 가슴이 따뜻하게 데워지는 추억만 있다면 얼마나 행복하겠는가.

지난 일이다. 사이클버디나 이븐파를 놓친 애통함도, 공과의 애절한 이별의 의식도 곱게 접어둘 추억이다. 지난 홀을 망치고 의기소침해 있을 때 선배들이 들려주던 조언이 있다.

"가장 중요한 샷이 무엇인 줄 아느냐. 드라이버일까, 퍼터일까. 아니다. 가장 중요한 샷은 '다음 샷'이다."

기쁜 추억도 슬픈 추억도 다 재산이지만, 우리에게 더 중요한 것은 과거가 아닌 미래이다.

열아홉 번째
그린